Nadia Ponzo

Parfum

De

Coriandre

© 2024 dépôt légal. © Nadia Ponzo, Editions Encre de Lune.

Tous droits réservés.

Le Code de la propriété intellectuelle interdit les copies ou reproductions destinées à une utilisation collective. Toute représentation ou reproduction intégrale ou partielle faite par quelques procédés que ce soit, sans le consentement de l'auteur ou de ses ayants droit, est illicite et constitue une contrefaçon, aux termes des articles L.335-2 et suivants du Code de la propriété intellectuelle.

Crédit photo : ©canva.com

ISBN numérique : *9782487493179*

ISBN Broché : *9782487493186*

ISBN relié : *9782487493193*

Editions Encre de Lune, 21, rue Gimbert, 35580 Guignen

E-mail : editionsencredelune@gmail.com

Site Internet : editionsencredelune.fr

Cet ouvrage est une fiction. Toute ressemblance avec des personnes ou des institutions existantes ou ayant existé serait totalement fortuite.

À Mamie Ginette,

À la mémoire du cœur,

Celle que rien n'efface.

Prologue

Menton, 10 décembre 2020

La nuit sans lune confiait aux réverbères urbains toute la responsabilité de l'illumination. Dans sa coque gris et bleu, le nourrisson avait cessé de pleurer dès le troisième virage. Bercé par les vibrations du moteur, il dormait paisiblement sans se soucier de la tétine qui avait dégringolé le long de sa grenouillère pour s'arrêter comme un point sur le dernier « i » de l'inscription « Je suis le roi des câlins ».

À gauche du siège-auto, l'homme avait entassé une dizaine de boîtes de lait en poudre Premier Âge, des couches et des lingettes. Dans un trolley vert prairie étaient disposés quelques minuscules vêtements d'hiver choisis, lavés, repassés et pliés minutieusement par les mains précises et expertes d'une mère inconsolable. Dans un bain de larmes, elle avait refermé avec soin la petite valise couleur espoir et regardé s'éloigner les deux êtres qui emportaient avec eux une partie de son cœur.

La Renault Scénic bleu nuit roulait d'une bonne allure, mais sans excès de zèle et l'homme au volant jetait régulièrement un coup d'œil dans le miroir intérieur pour s'assurer que le petit Léo allait bien.

Lorsqu'il passa devant Koaland, il songea qu'un jour lui aussi déambulerait entre les manèges aux teintes vives avec son fils sur les épaules, des étoiles plein les yeux, ébloui par les lumières stroboscopiques des enseignes, sautillant au rythme des musiques entêtantes des attractions pour enfants. Dans le rétroviseur, le koala géant qui levait un pouce dans sa direction semblait lui souhaiter bonne chance.

Il ne remarqua pas la C5 grise qui les suivait à distance, tous feux éteints.

Il s'engagea sur l'avenue Jean Monnet. Au loin, il voyait scintiller les phares des engins utilisés pour la construction du nouveau parking de Carnolès. Les travaux restaient actifs la nuit, certainement pour rattraper tant bien que mal les précieuses semaines perdues lors du confinement. Il arriva à la hauteur du chantier. En contrebas, un camion-malaxeur vomissait son béton liquide dans une énorme fosse rectangulaire. En apercevant le monstre d'acier reculer très près du bord, il pensa : c'est risqué comme boulot. Ce fut la dernière remarque que son cerveau eut le temps de formuler. Le vrombissement d'un moteur le fit sursauter. Une C5 lancée à plein régime vint le percuter à l'arrière. La Scénic bascula et disparut dans le liquide grisâtre alors que le chauffeur du camion-béton était occupé à manœuvrer. Quelques bulles épaisses éclatèrent en surface pendant une poignée de secondes. Puis la superficie redevint lisse, parfaite.

Moelleux au chocolat

Nice, 8 janvier 2023

La peau rougie par l'eau brûlante qui avait sur elle un effet anesthésiant, Amandine se tenait immobile, la pomme de douche entre les mains. Dans son nuage de vapeur, derrière le panneau de Plexiglas coulissant qui la séparait du reste du monde, elle se sentait bien. Elle aurait pu passer des heures sous cette douche apaisante. Il faut dire qu'elle avait à peu près autant envie d'aller dîner chez ses beaux-parents que d'être avalée par un python royal, recrachée et engloutie lentement par des sables mouvants.

Si la vie lui avait offert la possibilité de jeter une seule personne du haut des falaises de la Turbie sans être inquiétée par la police, son cœur aurait balancé entre Madeleine, sa belle-mère et Hortense, sa belle-sœur.

— Mandy, ma chérie, tu as bientôt fini ? Dépêche-toi, on va encore être en retard ! cria Xavier à travers la porte de la salle de bain.

À regret, Amandine coupa l'eau, fit coulisser le panneau transparent et sortit de la douche. Le nuage de vapeur se dissipa. Fin du moment de détente.

— Cinq minutes, j'arrive !

Elle l'entendit redescendre les escaliers. Son conjoint la connaissait assez bien pour savoir qu'elle détestait qu'il pénètre dans la salle de bain quand elle y était. Cela constituait l'un des rares points qu'elle était parvenue à imposer dans leur relation. Il l'attendrait en bas, dans le vestibule. Elle l'imagina, veste déjà enfilée, écharpe nouée, une main sur la poignée de la porte d'entrée. Toujours tellement ponctuel, parfait, précis, organisé. En perpétuel décalage avec son désordre mental à elle. Elle sentit monter la sensation d'angoisse typique des fameux dîners dans sa belle-famille.

Xavier était prêt. Elle, encore nue devant le miroir du lavabo, ne portant que son pendentif fétiche qui se balançait au bout de sa chainette, se creusait les méninges pour trouver une bonne excuse et décliner l'alléchante invitation. Rien ne lui vint. Elle enfila des sous-vêtements de coton blanc, des collants épais et cette gracieuse robe en laine grise qu'elle avait dénichée chez Kookai. Elle mettait en avant son généreux décolleté sans pour autant boudiner au niveau des hanches un peu trop volumineuses pour les canons esthétiques qui régissaient notre société. La beauté était une question d'époque plus que de goûts. Si la nôtre encensait les cure-dents, Amandine n'avait pas l'intention de s'excuser d'être un appétissant moelleux au chocolat. De temps en temps, Xavier lui laissait entendre que la relation qu'elle entretenait avec l'huile de palme à tartiner n'était pas des plus saines. Alors elle se sentait coupable, pendant quelques minutes. Puis, elle ressortait le pot et y plantait sa cuillère pour surmonter l'humiliation.

Elle ôta la pince qui retenait ses cheveux et les laissa se précipiter en cascades auburn qui ondulaient jusqu'au creux de ses reins. Elle fit glisser entre ses doigts la chainette où était suspendu son bijou fétiche, le pendentif qui avait appartenu à sa grand-mère maternelle qu'elle n'avait pas eu le temps de connaitre. Elle l'enfonça sous sa robe pour ne pas risquer de l'accrocher. Un zeste de rimmel, une fine couche rose dragée sur ses lèvres pulpeuses. Elle sortit enfin de son havre de paix et descendit les escaliers, résignée à l'abattoir.

Xavier, comme elle l'avait imaginé, était déjà prêt à partir. « Déjà » n'était peut-être pas le mot approprié, elle devait l'admettre. Ils étaient attendus chez Madeleine et François pour vingt heures. Il ne leur restait… Il ne leur restait qu'à remonter le temps, car il était 20 h 12. Pourtant, Xavier ne verbalisa aucun reproche. Il se contenta de secouer la tête en fixant l'horloge de l'entrée. Il savait ce qu'il en coûtait à Amandine de participer à ces dîners, d'endurer ces quelques heures de torture où les remarques moqueuses d'Hortense s'alternaient aux regards méprisants de sa mère. Il avait conscience qu'elle supportait ça pour lui. Mais il n'y avait rien à faire, il était allergique aux retards et aux retardataires.

Il l'aida à enfiler son manteau et déposa un rapide baiser sur son front, évitant ainsi le risque de débarquer chez ses parents avec la bouche rose dragée.

Amandine subissait ces repas uniquement pour Xavier. Elle lui devait bien ça. Il avait été sa bouée de sauvetage quand, fraîchement arrivée à l'université de Nice, elle ne connaissait personne et se sentait un brin perdue. De trois ans son aîné, ayant grandi entre la Promenade des Anglais et le Rocher monégasque, il l'avait prise sous son aile, lui avait fait visiter Sophia Antipolis, Nice, puis toute la Côte d'Azur. Ils poussaient même leurs escapades au-delà de la frontière italienne, à Bordighera. C'est dans cette petite ville balnéaire un peu chic, mais accueillante, debout sur les rochers qui entourent la chapelle Sant'Ampelio, qu'ils s'étaient promis en 2011 de ne jamais devenir mari et femme — ils étaient tous deux contre l'institution du mariage — mais de s'aimer jusqu'à ce que la mort ou une nouvelle flamme les sépare. Plutôt cru, mais honnête. Ils avaient explosé de rire et s'étaient longuement embrassés, en équilibre sur les digues de pierres où venaient s'écraser les vagues dansantes de la mer ligure.

Amandine adorait la mer. Elle raffolait de l'eau en général, ce qui ne manquait pas de surprendre les personnes qui connaissaient sa triste histoire. La jeune femme parlait peu de son passé. Mais ceux à qui elle s'était ouverte savaient qu'elle était orpheline.

Née en 1988 à Vaison-la-Romaine, elle avait quatre ans lors des dramatiques inondations qui lui arrachèrent ses parents. Elle avait grandi avec sa grand-mère paternelle. Sa mamie Josette qui était tout pour elle, la seule famille qui lui restait. Tous les étés, alors que Vaison se peuplait de touristes, elle constatait, non sans un mix d'effroi et d'étonnement, qui au fil du temps s'était transformé en résignation, que les tragédies étaient des attractions. Elle observait les groupes de charognards commenter les évènements de 1992, tous fiers de se trouver sur les lieux du drame. Ils indiquaient d'un savant index le petit trait qui marquait la limite jusqu'à laquelle l'eau était montée. Ils photographiaient le pont romain qui avait résisté beaucoup mieux que ses collègues modernes aux assauts du monstre liquide.

Mamie Josette disait que c'était normal. Que l'être humain avait en lui cette curiosité malsaine, cette attirance viscérale pour les tragédies. On ne pouvait rien y faire.

Au premier abord, c'était donc plutôt surprenant qu'Amandine eût un tel amour pour l'eau. Mais elle y avait réfléchi et était parvenue à la conclusion que ce n'était pas si étrange de vénérer l'élément qui avait englouti son père et sa mère. Au contact de l'eau, elle se sentait simplement plus proche d'eux.

Ils arrivèrent devant le luxueux immeuble de la famille Briand. Amandine respira un grand coup, pensa à ses parents, au fait que Xavier avait la chance d'avoir encore les siens même s'ils étaient ce qu'ils étaient. Elle savait ce que comportait une vie sans figure parentale. Et elle se doutait bien de la réponse de son conjoint si elle osait lui demander de choisir entre ses parents et elle.

La jeune femme prit une profonde inspiration et s'engouffra dans l'ascenseur aux dorures clinquantes et aux parois de velours rouge.

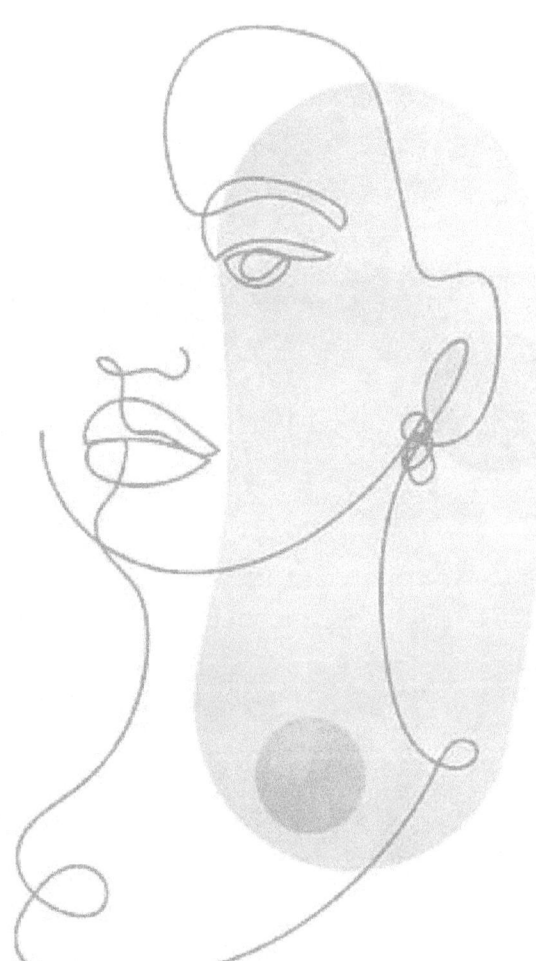

La reine des neiges

Graziella leur ouvrit la porte alors que Xavier avait encore le doigt sur la sonnette. La gouvernante les fit entrer et les débarrassa de leurs manteaux. Elle leur adressa simplement un « Bonsoir monsieur Xavier. Bonsoir mademoiselle Amandine ». Mais son regard appuyé fut bien plus bavard. Depuis que le fils de ses patrons était gamin, ils avaient développé une affectueuse complicité et une sorte de langage muet qu'ils étaient les seuls à connaitre. Graziella avait nourri un amour profond pour ce petit garçon auquel sa mère ne faisait jamais don d'un sourire, d'un mot doux, d'un geste tendre. Madeleine ne s'était jamais préoccupée de savoir ce que ressentait son cadet lorsqu'elle déclarait à qui voulait l'entendre qu'elle n'aurait désiré qu'un enfant. Madeleine et François étaient des parents comblés et formaient une famille parfaite avec Alexandre, l'aîné. Deux ans plus tard, Xavier était « arrivé par accident » et avait perturbé leurs plans.

Dans le regard expressif de la gouvernante, Xavier lut qu'il était très en retard, que les maitres des lieux étaient outrés par un tel manque de respect et qu'ils étaient déjà à table pour signifier aux retardataires qu'ils étaient sur le point de commencer sans eux. Il fusilla Amandine du regard pour insister sur le fait que c'était sa faute, comme toujours.

Six paires d'yeux se levèrent vers le couple lorsqu'il fut introduit dans la luxueuse salle à manger.

— Désolé pour le retard. J'étais au téléphone avec un client qui m'a retenu plus longtemps que prévu, mentit Xavier.

Ses parents ne prirent même pas la peine de répondre, mais on pouvait aisément comprendre à leur impitoyable regard qu'ils ne voyaient pas pourquoi un simple agent immobilier devait s'entretenir avec des clients le soir au-delà d'une certaine heure. Il n'était tout de même pas avocat comme son père et son frère qui, eux, croulaient sous les responsabilités que comportait leur prestigieuse profession.

Leurs petites nièces sautèrent au cou d'Amandine qui leur rendit volontiers leurs câlins.

— Tatie Mandy ! Après manger, tu nous montreras les vidéos des animaux rigolos sur ton téléphone ?

— Bien sûr mes puces, répondit-elle avec un clin d'œil.

Elle les adorait et c'était réciproque. Mais ces débordements d'affection et d'enthousiasme n'étaient pas au goût de sa belle-sœur qui rappela à l'ordre les pauvres enfants.

— Charlotte ! Clotilde ! Ce n'est pas un comportement correct. Calmez-vous et revenez-vous asseoir.

Les deux fillettes lâchèrent à regret Amandine et reprirent leur place. En silence. Le dos bien droit.

Les retardataires rejoignirent la tablée sans un mot. Heureusement, Alexandre vola à leur secours et détendit l'atmosphère.

— Alors, où en est votre recherche de maison ? Vous avez visité quelque chose d'intéressant ?

— Pas de coup de foudre pour le moment, répondit Xavier en remerciant du regard son aîné.

Même si la jalousie qu'il éprouvait pour Alexandre était si épaisse qu'on aurait pu la couper au couteau, il était bien conscient que son frère n'était pour rien dans cette situation. Il n'avait jamais demandé à être aimé plus que son cadet. Au contraire, il s'en était toujours senti coupable et, depuis le plus jeune âge, mettait un point d'honneur à partager avec Xavier tout ce que ses parents lui offraient.

Alors que Graziella servait l'entrée, Hortense tira la première flèche :

— C'est quand même un comble pour un agent immobilier de ne pas trouver une maison pour soi. En même temps, peut-être que le marché propose plus d'habitations adaptées aux vraies familles, avec des enfants, non ?

Amandine encaissa. Elle avala avec sa salive toutes les injures qui, du bout de sa langue, étaient prêtes à sauter au visage de sa belle-sœur. Elle inspira profondément et ne pipa mot, concentrée dans la contemplation des reflets bleutés de la carafe d'eau sur la nappe blanche.

Elle se répéta mentalement qu'Hortense ne savait pas ce qu'elle avait vécu. Madeleine non plus, d'ailleurs. Xavier et elle avaient été les seuls à connaître l'existence du petit être qui avait commencé à prendre forme derrière son nombril cinq ans plus tôt. Lorsque, à la huitième semaine, d'étranges saignements les avaient alertés, ils s'étaient précipités aux urgences. Trop tard. La vie s'était décrochée. Elle ne s'était jamais complètement remise de cette perte. Peut-être que l'on ne s'en remet jamais. Elle avait beau entendre dire que huit semaines c'était peu, qu'il n'avait pas encore l'aspect d'un bébé, que c'était pire quand ça arrivait au bout de plusieurs mois de grossesse, elle n'avait que faire de ces commentaires dénués de sens. Tout ce qu'elle savait, elle, c'était qu'elle avait été enceinte. Qu'elle s'était considérée mère dès l'apparition des deux petites lignes roses sur le test. Qu'elle ne s'était jamais sentie aussi accomplie, heureuse et épanouie que durant la brève période où son utérus avait abrité la vie.

Ce matin-là, quand cette vie s'en était allée, une partie d'elle avait également disparu dans les toilettes. Dans le tourbillon rouge qui hantait toujours ses nuits cinq ans plus tard.

Hortense avait accouché de Clotilde à la même période. Concentrés sur la nouvelle arrivée, personne n'avait remarqué que le sourire d'Amandine s'était éteint. Au fil du temps, elle avait appris à vivre avec, malgré qu'elle y pensât encore souvent. Elle n'avait pas osé prendre la décision de retenter de tomber enceinte. Après la fausse-couche, elle avait demandé à son gynécologue de lui represcrire la pilule. Elle ne voulait en aucun cas risquer de subir ça à nouveau.

Depuis quelque temps, ils avaient recommencé à en parler, Xavier et elle. Tout doucement, elle commençait à apprivoiser l'idée de retenter, même si le comportement de Xavier la laissait souvent perplexe. Depuis cette horrible expérience, il se montrait très protecteur avec elle. Trop. Cela partait d'une bonne intention — enfin, c'était ce qu'elle souhaitait croire — mais parfois Amandine se sentait étouffer. Il mettait chaque saute d'humeur, chaque mot de travers, chaque air mélancolique sur le compte du bébé perdu. Il lui adressait des regards compatissants qu'elle ne supportait pas. D'abord parce qu'elle ne voulait pas inspirer la pitié, mais aussi parce que Xavier se trompait de réaction. Il était le père de la créature jamais née, après tout. Il ne devait pas plaindre Amandine et excuser son moral aléatoire, il devait souffrir avec elle. Comme elle !

La jeune femme s'aperçut que le silence s'était installé autour de la table. Sept paires d'yeux la fixaient dans l'attente d'une réponse dont elle ne connaissait pas la question. Perdue dans ses pensées, elle ne s'était pas rendu compte qu'on l'avait interpellée.

Dans son immense bonté, Xavier l'aida à sortir de l'embarras :

— N'est-ce pas, ma chérie, que dès que nous aurons trouvé la maison de nos rêves nous avons bien l'intention de mettre au monde un héritier ?

Sa manière de s'exprimer en présence de ses parents avait toujours exaspéré Amandine.

— Oui, bien sûr. En espérant qu'il sera doté d'un pénis et portera bien haut le nom et l'honneur de ses aïeux, lâcha-t-elle, cassante.

Hortense manqua de recracher dans le verre de Myro duquel elle venait de décoller les lèvres, choquée par l'insolence de sa belle-sœur. Elle n'avait jamais abordé clairement le sujet, mais Amandine savait bien que pour Hortense c'était presque honteux d'avoir donné le jour à deux bébés de sexe féminin. Si, par hasard, Amandine était amenée à avoir un fils, ce serait la fin de sa supériorité. Hortense lui adressa un rictus mauvais dont elle avait le secret. Derrière son dos, Amandine la surnommait Elsa, en référence à « La Reine des neiges ». Son regard bleu profond serait en mesure de glacer un guépard dans la savane. Son carré blond taillé à la perfection, sa frange droite et les traits angulaires de son visage contribuaient à lui conférer cet air méchant dont elle avait fait sa marque de fabrique.

— Ce n'est plus la peine de chercher, déclara triomphalement Madeleine. Xavier, ton père a fait jouer un peu ses relations et vous serez prioritaires pour l'appartement *penthouse* juste en face.

Madeleine indiqua par la fenêtre le squelette d'un immeuble en construction éclairé par les réverbères et quelques illuminations de Noël qui n'avaient pas encore disparu des rues aux alentours.

Elle continua avec une fierté non dissimulée :

— Ça n'a pas été facile, mais votre père, fort heureusement, connait des personnes d'influence. N'est-ce pas, François ?

— Oui, confirma le chef de famille qui ouvrait la bouche pour la première fois de la soirée. Avec un peu de savoir-faire et les bonnes relations, on obtient tout. L'appartement de deux-cents mètres carrés, au dernier étage, avec terrasse panoramique, sera terminé pour Noël prochain. Je vous donnerai le numéro de l'entrepreneur pour qu'il réponde à vos questions, mais j'ai déjà acquis que vous ayez la priorité.

— Ce sera commode d'habiter juste en face. Vous n'aurez plus d'excuses pour arriver en retard aux dîners, ajouta Madeleine, tranchante, mais satisfaite.

Amandine fixait Xavier d'un regard désemparé, suppliant. Il fallait qu'il réagisse, qu'il dise quelque chose, qu'il s'oppose à ses parents... Il fallait qu'il ose, pour une fois, leur faire comprendre que certains choix revenaient à eux seuls, à leur couple, et que ni l'avis ni le coup de pouce des parents n'étaient requis.

Au grand soulagement de la jeune femme, son conjoint se décida à répliquer.

— On vous remercie beaucoup, Amandine et moi, de prendre autant à cœur notre recherche d'appartement et notre bonheur en général, mais ça ne sera peut-être pas la peine de profiter de vos relations cette fois-ci.

— Comment ça ? demanda Madeleine interloquée. Ce n'est pas un problème pour nous, vous savez ?

— Je sais bien, mais demain on a justement rendez-vous pour visiter une petite maison indépendante dans un lotissement à Menton. Maintenant qu'Amandine travaille à Vintimille, ce sera plus pratique pour elle de ne plus devoir faire les trajets depuis Nice.

La jeune femme esquissa un sourire forcé après avoir été nommée. Voilà qu'il recommençait à tout lui coller sur le dos. Comme si c'était exclusivement pour lui faire une fleur à elle, qu'ils avaient choisi Menton. Comme si ça ne l'arrangeait pas, lui aussi, en ayant son agence immobilière à Roquebrune. Comme si elle devait toujours remercier, se sentir en défaut. Éternellement débitrice. Comme si lui en avait assez fait en lui pardonnant d'avoir perdu leur bébé. Choqués par ce refus inattendu, Madeleine et François firent don de leur mutisme pour le reste de la soirée.

Hortense jouissait du fait que son beau-frère et sa belle-sœur avaient à nouveau perdu des points sur le tableau d'affichage familial. La seule consolation fut Alexandre qui s'efforça de maintenir vive la conversation avec Amandine et Xavier pour ne pas laisser vaincre le poids du silence.

Il n'y a que des vieux ici !

Amandine roulait en dévorant des yeux le panorama enchanteur qu'offrait la moyenne corniche. Elle était en route vers la clinique « La Madeleine » de Beausoleil où elle avait, par miracle, trouvé une place pour sa grand-mère huit mois plus tôt.

Quand les premières défaillances, les premiers oublis, sont apparus dans le quotidien de mamie Josette, elles en ont ri toutes les deux.

« Je perds la boule ! » s'écriait-elle en secouant la tête, agitant ses longs cheveux blancs. C'était comique. Puis ces oublis sont devenus plus fréquents.

Ce qui a alerté Amandine, qui ne l'a plus du tout amusée, a été le début des répétitions. Sa grand-mère pouvait prononcer une quinzaine de fois la même phrase dans une conversation de dix minutes. C'était troublant. Amandine n'avait plus envie de rire. Elle ne reprenait jamais mamie Josette, ne lui faisait pas remarquer qu'elle se répétait. Elle répondait patiemment, encore et encore, à la même question, remerciait en boucle pour un compliment reçu vingt fois de suite. Elle ne savait pas si la vieille dame s'en rendait compte, mais, dans le doute, elle feignait de ne s'apercevoir de rien. Elle ne voulait pas lui faire de peine, surtout pas l'humilier.

La jeune femme se gara dans le petit parking orné de pins maritimes qui, l'été, faisaient don de leur ombrage et de leur parfum entêtant, et l'hiver, restaient droits et dignes, s'élevant majestueusement vers le ciel comme pour signifier qu'après la pluie arriveraient les beaux jours.

Avant de s'approcher de la porte à ouverture automatique, Amandine s'arrêta un instant, scruta l'enseigne de la clinique et se demanda ce qu'aurait pensé Proust d'un établissement spécialisé dans l'Alzheimer portant le nom « La Madeleine ». Elle secoua la tête et entra.

La fin d'année 2021 avait été compliquée. L'état de mamie Josette empirait. La pandémie et son confinement n'avaient rien arrangé. Amandine avait dû se rendre à l'évidence : sa grand-mère ne pouvait plus vivre seule. Ses visites à Vaison un week-end sur deux ne suffisaient plus. Même si la voisine, madame Monteil, l'avait beaucoup aidée notamment pour les courses, la jeune femme ne pouvait plus prendre soin de sa mamie à distance. Cela devenait trop risqué.

Un soir, madame Monteil lui avait téléphoné, bouleversée. Elle venait de surprendre mamie Josette assise sur un tabouret devant le lave-linge. Elle faisait tourner le tambour et regardait à l'intérieur en appelant Figaro, son chat, mort douze ans plus tôt.

Lorsqu'Amandine raccrocha après avoir remercié la voisine, ce soir-là, elle avait pris sa décision. Elle devait faire entrer sa grand-mère dans une clinique spécialisée. Sur la Côte d'Azur de préférence. Elle s'activa dès le lendemain, courbant le dos sur les formulaires d'admission et fit faire à mamie Josette les visites médicales requises. Quand la vieille dame avait planté ses yeux noirs dans ceux du docteur, envoyé en arrière sa longue chevelure blanche d'un mouvement digne, et déclaré : « De toute façon, je le dirai à ma maman que vous m'avez posé de drôles de questions ! », le médecin appliqua sans sourciller son tampon et sa signature dans la case qui donnait droit à la priorité dans les structures pour maladies neurodégénératives.

Après avoir tapé le code d'accès, Amandine prit les escaliers jusqu'au premier étage. La clinique était organisée par niveaux en fonction de la progression de la maladie. Le calvaire de l'Alzheimer se décline en sept stades, le septième étant le plus grave, celui duquel le patient fait ses adieux à un monde qu'il a, de toute manière, quitté depuis bien longtemps.

À « La Madeleine », le premier étage était réservé aux patients de stade 4 et 5, les précédents ne nécessitant pas une assistance médicale continue. Le rez-de-chaussée, lui, accueillait les personnes qui avaient rejoint les stades 6 et 7. Les plus atteints. Ici, quand on descendait au rez-de-chaussée, on pouvait commencer à préparer la vinaigrette pour déguster les pissenlits par la racine.

Pour l'instant, mamie Josette avait une chambre à l'étage. Égoïstement, Amandine espérait que ça durerait le plus possible.

Elle poussa la porte entrebâillée et entra.

— Bonjour mamie !

La vieille dame leva sur elle un regard absent, puis son visage s'illumina.

— Coucou, ma chérie !

Le cœur d'Amandine ralentit ses rebonds endiablés. Elle l'avait reconnue. Rassurée, elle s'approcha de sa grand-mère qui, installée confortablement dans son fauteuil, caressait avec tendresse le petit chat en peluche qu'elle lui avait offert. La jeune femme entoura de ses bras sa mamie et déposa un bisou sur sa joue profondément rayée par quatre-vingt-deux années d'expérience.

— Comment tu vas aujourd'hui ? Il fait frisquet dehors, tu as raison de rester au chaud. Regarde ce que je t'ai amené !

Amandine sortit de son sac cabas un énorme vinyle de Charles Aznavour. Josette Audibert, née Darbinyan, vouait à l'artiste, comme elle d'origine arménienne, un culte démesuré que l'Alzheimer n'avait su atténuer. Quand elle avait organisé le « déménagement » de sa grand-mère, la jeune femme avait mis un point d'honneur à récupérer le vieux tourne-disque et l'intégralité de sa collection de vinyles qui trônait sur les étagères du salon. Elle avait installé l'appareil vintage sur la petite table près de la fenêtre et faisait des allers-retours avec les disques à chaque visite, n'ayant reçu aucune garantie de la structure quant aux vols éventuels.

Elle sortit le 33 tours de sa pochette, le plaça délicatement sur le plateau et y déposa l'aiguille. Lorsque le stylet commença à faire son travail, quelques grésillements nostalgiques envahirent la chambre, suivis des notes enivrantes de la mélodie d'une jeunesse envolée. Josette

Audibert, née Darbinyan, sourit et ferma les yeux, bercée par la musique. Puis, la voix du grand Charles s'éleva, puissante et magique, et la vieille dame inspira profondément comme pour remplir son corps tout entier de ce bonheur auditif.

Vers les docks où le poids et l'ennui

Me courbent le dos

Ils arrivent le ventre alourdi

De fruits, les bateaux[1]

Amandine observait respectueusement sa grand-mère qui se balançait légèrement sur son fauteuil, un sourire aux lèvres, les paupières toujours closes.

Ils viennent du bout du monde

Apportant avec eux

---

[1] Tous les passages en italique de ce chapitre sont des extraits de la chanson "Emmenez-moi", Charles Aznavour, 1967.

Des idées vagabondes

Aux reflets de ciel bleu

De mirages

Un infirmier passa la tête par l'entrebâillement de la porte et se figea à la vue de cette scène d'une tendresse désarmante. Il était nouveau à « La Madeleine » et ne connaissait pas encore tous les visiteurs. Il resta quelques secondes immobile, à fixer comme un voyeur la belle jeune femme à la chevelure auburn qui couvait de ses grands yeux verts la vieille dame qui devait être sa grand-mère. Elle remuait les lèvres en silence et semblait savoir par cœur les paroles d'Aznavour.

Trainant un parfum poivré

De pays inconnus

Et d'éternels étés

Où l'on vit presque nus

Sur les plages

Amandine se rendit compte de sa présence et parut gênée d'avoir été surprise dans cette scène d'intime complicité. L'infirmier lui fit signe de ne pas s'inquiéter et, silencieusement, pour ne pas briser la magie de l'instant de plaisir de la vieille dame, mima le geste de porter à ses lèvres une tasse de café, puis indiqua Amandine et mamie Josette.

La jeune femme, toujours par gestes, lui répondit que non, merci, elles ne voulaient rien boire pour le moment, ni elle ni sa grand-mère. Alors l'infirmier la salua de la main et referma doucement la porte.

Moi qui n'ai connu toute ma vie

Que le ciel du Nord.

J'aimerais débarbouiller ce gris

En virant de bord

Amandine n'avait jamais vu ce charmant infirmier. Il devait être nouveau. Charmant, le mot était faible. Teint mat, regard ténébreux, boucles brunes et de petites fossettes qui se dessinaient sur ses joues à chaque sourire... La jeune femme secoua la tête, surprise de réaliser qu'elle avait autant observé l'homme en blouse blanche en si peu de temps. Un peu honteuse, également. Elle était en couple, ça ne se faisait pas de se perdre à admirer la beauté méditerranéenne de l'infirmier de mamie Josette, aussi ténébreux fût-il !

Emmenez-moi au bout de la Terre,

emmenez-moi au pays des merveilles.

Il me semble que la misère

Serait moins pénible au soleil

Mamie Josette n'avait toujours pas ouvert les yeux, elle semblait flotter sur son fauteuil, portée par le refrain que son chanteur préféré faisait retentir dans son cœur. La chambre de la clinique avait disparu, laissant place aux ruelles provençales qui l'avaient vue virevolter lors des bals de village de sa jeunesse. Elle était heureuse.

Dans les bars, à la tombée du jour

Avec les marins

Quand on parle de filles et d'amour

Un verre à la main

Une larme glissa sur la pommette d'Amandine. Elle se remémora le moment de leur arrivée à la clinique. Le tout premier jour, le 5 mai. Elles avaient fait le voyage en voiture. Trois heures et demie de route, pause pipi comprise. Elle avait expliqué à mamie Josette qu'elle l'emmenait à un endroit où elle serait mieux, plus près d'elle. Elle avait chargé les valises dans le coffre sous le regard perplexe de la vieille femme qui n'avait pas vraiment saisi qu'elle quittait pour toujours sa maison, son indépendance. Elle avait suivi, confiante, sa petite-fille adorée qui l'accompagnait promener.

Mamie Josette souriait. Puis elles étaient arrivées à Beausoleil. Elles avaient humé l'air marin et écouté le chant des premières cigales qui leur était familier. Tout se passait pour le mieux. Elles avaient été accueillies par de gentilles dames en blouse blanche qui leur avaient indiqué la chambre numéro 12, au premier étage, où elles avaient déposé les valises. Puis elles avaient eu droit à la visite guidée. La salle commune, le coin repas. Le grand parc ombragé parsemé de bancs de bois verts. C'était calme, paisible.

Elles voyaient aller et venir les autres résidents — car ce ne sont pas des patients, à la clinique « La Madeleine », mais des résidents — qui avaient l'air de se trouver à leur aise.

Amandine et la petite infirmière blonde qui leur servait de guide n'avaient pas pu retenir un rire discret lorsque mamie Josette, en regardant autour d'elle, s'était exclamée :

— C'est coquet, mais il n'y a que des vieux ici !

Je perds la notion des choses

Et soudain ma pensée

M'enlève et me dépose

Un merveilleux été

Sur la grève

La visite terminée, elle avait raccompagné sa grand-mère dans sa chambre, passé encore une petite heure avec elle, puis elle s'était levée et l'avait saluée.

— Je reviens te voir demain, mamie, bonne nuit.

Le regard de la vieille dame s'était alors assombri. Elle avait ouvert de grandes billes choquées et furieuses.

— Mais non ! Tu ne vas pas me laisser ici ! Je viens avec toi !

Le cœur d'Amandine avait accéléré dangereusement ses rebonds.

— Ce n'est pas possible, mamie, tu dois rester ici. Mais je reviens te voir demain, c'est promis.

Mamie Josette avait commencé à hurler, à pleurer, à taper des pieds. Elle gesticulait, perdue, et Amandine dut trouver en elle une force qu'elle ne connaissait pas, pour résister, ne pas fondre en sanglots, ne pas flancher devant sa grand-mère. Elle essaya de la rassurer, mais rien n'y faisait. La vieille dame s'accrochait, désespérée, au bras de sa petite-fille et levait vers elle un regard tantôt courroucé, tantôt suppliant. On aurait dit une enfant qui s'agrippait aux jupons maternels, effrayée par le premier jour d'école. Les rôles s'étaient inversés. Amandine avait trouvé le courage d'ouvrir la porte et, alertée par les cris de mamie Josette, une infirmière vola à son secours. Elle emmena la patiente dans la salle commune et tenta de la distraire, faisant signe à Amandine de s'éclipser en vitesse.

Elle était partie comme une voleuse. Comme une lâcheuse. Elle n'était pas encore arrivée à sa voiture qu'elle avait éclaté en sanglots. Pourquoi devait-on vivre des situations pareilles ? Elle savait bien que c'était la seule solution, que c'était pour le bien de sa grand-mère, mais personne ne lui enlèverait la culpabilité, l'impression d'avoir trahi la personne qu'elle aimait le plus au monde, la femme forte qui l'avait élevée, redevenue malgré elle une enfant capricieuse.

Perdue dans ses douloureux souvenirs, Amandine ne s'était pas rendu compte que la chanson était terminée. Mamie Josette la fixait.

— Il ne faut pas pleurer, ma chérie.

— Ce sont des larmes de joie, parce que je vois que le disque t'a fait plaisir.

— Oui, c'est beau.

Elle rangea le vinyle et la serra à nouveau dans ses bras avant de sortir de la chambre en prétextant aller chercher un café. Les infirmières lui avaient appris à faire ainsi. À mentir. Si elle disait au revoir, sa grand-mère se mettait dans tous ses états. Alors elle prétendait s'absenter juste un moment. Et peu après, mamie Josette avait tout oublié, jusqu'à sa visite. C'était dur. C'était cruel. C'était indispensable.

La maison jaune

Amandine quitta l'autoroute à Menton et se lança sur le serpent d'asphalte qui descendait vers la mer. Elle jeta un coup d'œil à son GPS. Elle avait encore à traverser toute la ville. La maison qu'ils devaient visiter était située zone Garavan, à la frontière italienne. Elle allait de nouveau être en retard, c'était plus fort qu'elle. Cela faisait treize ans que Xavier s'étonnait de la faculté qu'elle avait d'arriver systématiquement quinze minutes après les autres partout où elle se rendait. Elle était faite ainsi, en décalage horaire avec le reste du monde. Xavier ne parvenait pas à s'en faire une raison. Il jouait au conjoint compréhensif en public, mais la couvrait souvent de reproches à ce sujet dès qu'ils se retrouvaient seuls. Il était particulièrement agacé quand ses retards faisaient perdre du temps à une tierce personne. Comme cet agent immobilier, un de ses confrères, qui poireautait avec lui depuis dix bonnes minutes déjà, à l'entrée du lotissement.

Elle se gara enfin à côté des deux hommes qui lui adressaient un regard accusateur.

— Désolée, je suis allée rendre visite à mamie Josette à la clinique, et je n'ai pas vu l'heure passer…

— Suivez-moi, la coupa l'agent qui avait perdu assez de temps.

Ils pénétrèrent dans une charmante zone résidentielle agencée de façon originale. Elle était composée de sept maisons colorées. Une bleue, une verte, une jaune, une violette, une rose, une rouge et l'autre orange. Ça rappelait les villages ligures. Du côté italien de la frontière, on trouvait une multitude de localités balnéaires plus ou moins grandes. Elles avaient la particularité d'arborer des façades aux teintes vives qui contrastaient avec les rochers bruns où les vagues venaient mourir.

Les sept maisons étaient disposées en ellipse avec, au centre, un joli parc qui hébergeait quelques palmiers californiens, trois bancs eux aussi colorés, et une structure en bois comprenant toboggan, balançoire, corde à nœuds et cabane.

Celle en vente était la jaune, la troisième. Pour y accéder, on devait longer la devanture de la bleue, puis de la verte. Au passage du trio, un chignon gris et deux petits yeux inquisiteurs apparurent entre les rideaux de l'habitation indigo.

Ils arrivèrent devant la façade citron. Une tonalité vive qui mettait de bonne humeur.

— Il y a de la place pour garer deux voitures directement devant la porte, mais, vu qu'on venait avec trois véhicules, je vous ai donné rendez-vous en dehors du lotissement, s'excusa l'agent immobilier.

Il leur ouvrit et les laissa le précéder à l'intérieur.

Un séjour spacieux et lumineux les accueillit et Xavier et Amandine échangèrent un regard entendu. Cette maison leur plaisait déjà. Bien sûr, ils devaient essayer de modérer leur enthousiasme devant l'agent pour avoir une chance de négocier un peu. La cuisine était séparée de la salle à manger, vaste et moderne. Elle était bien ensoleillée également grâce à deux grandes fenêtres qui donnaient sur la villa voisine — la verte — à une dizaine de mètres. Sous l'escalier, la buanderie. Puis ils montèrent à l'étage où se trouvaient deux chambres et une confortable salle de bain.

— La baignoire *free standing* fait aussi jacuzzi, précisa l'agent.

Amandine observait les petites rides d'expression qui se dessinaient au coin des yeux de Xavier. Elle lisait en lui. Il était en train de penser à la deuxième chambre. Au fait que pour le moment il aurait pu s'en servir de bureau, puis un jour elle serait devenue une chambre d'enfant, naturellement.

Le cœur de la jeune femme se serra. C'était un ressenti sur lequel elle avait du mal à poser des mots, mais, depuis quelque temps et de plus en plus fréquemment, elle se surprenait à douter. Elle se demandait si elle n'était pas en train de commettre une énorme erreur en faisant l'acquisition d'une maison avec Xavier. Il y avait des jours où elle n'était plus sûre de rien. Pas même de souhaiter retenter l'aventure de la maternité avec lui. Ce pavillon lui plaisait beaucoup, mais la vie qu'il lui promettait était-elle celle dont elle rêvait ?

— Et cette trappe là-haut, qu'est-ce que c'est ? interrogea-t-elle pour stopper le flot de ses pensées.

Un carré de bois avec une poignée était incrusté dans le plafond du couloir.

— Elle donne accès au grenier. Ici, vous avez l'escabeau pour monter. En l'état, vous pouvez l'utiliser simplement pour entreposer des affaires. Mais sachez qu'il y a les hauteurs règlementaires pour pouvoir en faire une pièce à vivre. Il suffit de remplacer cette trappe et son échelle par un vrai escalier en dur et d'agrandir la lucarne. Et, comme par magie, vous vous retrouvez avec un immense espace en plus à aménager comme vous le désirez !

— Fantastique ! s'écria Xavier qui avait de plus en plus de mal à dissimuler le coup de foudre que cette maison avait provoqué.

Amandine modela sur son visage ce qu'elle avait de plus ressemblant à un sourire.

— Certains voisins l'ont fait et le résultat est saisissant, ajouta l'agent.

La visite terminée, ce dernier prit congé et s'échappa à grandes enjambées pour essayer de récupérer un peu du retard que la jeune femme avait infligé à son programme. Ils lui donneraient une réponse dans les jours à venir.

Quand il fut assez loin pour ne plus les entendre, Xavier demanda :

— Alors ? Tu es aussi charmée que moi ?

Il la prit par le bras et l'attira contre lui. Les deux mains en étau autour de la taille d'Amandine, il approcha son visage du sien et planta dans les yeux de la jeune femme un regard qui se voulait tendre.

Elle aurait souhaité émettre une objection. Lui dire qu'ils devaient avoir une discussion. Qu'elle n'était plus sûre, qu'elle avait besoin d'y réfléchir. Mais Xavier la fixait et ne semblait lire en elle que l'histoire qu'il avait envie d'y voir. Elle s'entendit exclamer d'un ton enjoué :

— J'adore ! C'était inespéré ! C'est la maison de nos rêves et en plus ça nous évite…

Elle s'arrêta et mordit la chair tendre de sa lèvre inférieure. Elle allait encore gaffer.

— Quoi ? Ça nous évite d'accepter l'appartement avec vue panoramique sur celui de mes parents, c'est ça ?

— C'est ça, admit-elle, un peu gênée, mais honnête.

— Ne fais pas cette tête ! Je suis tout à fait d'accord avec toi, ça aurait été l'enfer. Et puis ça va nous faire du bien de quitter le chaos niçois. C'est calme ici, ça me plait.

— Oui, et on sera à deux pas de nos boulots respectifs. C'est un énorme gain de temps de vie ! essaya-t-elle de positiver.

Il sourit. Elle sentait son souffle chaud sur sa peau. Elle le laissa l'embrasser. Un baiser long et passionné qui rappelait ceux du temps de leur rencontre. Lorsque leurs lèvres se séparèrent, ils restèrent quelques secondes en silence, à observer dans les yeux de l'autre les éclats d'un désir naissant. Elle se sentait faible. Il suffisait de si peu pour qu'elle sente vaciller sa force de volonté, s'effilocher son libre arbitre. Il n'avait qu'à la transpercer de son regard profond pour faire resurgir dans son esprit les mille raisons pour lesquelles elle avait succombé à son charme treize ans plus tôt. Et elle sentait ses doutes devenir de plus en plus légers pour finalement s'envoler. Dans un coin de sa tête, elle savait bien qu'ils reviendraient. Mais elle se concentrait sur le moment présent.

Ils décidèrent de rappeler le confrère de Xavier dès le surlendemain. Il ne fallait pas se montrer trop pressés non plus.

Il la prit par la main et ils se dirigèrent vers la sortie du lotissement.

Deux petits rouquins qui devaient avoir cinq ou six ans jouaient au ballon dans la cour devant la maison verte. Leurs futurs voisins avaient des enfants. Ceci rendait l'endroit encore plus chaleureux.

— Bonjour ! lança Amandine à l'attention des bambins.

Le garçonnet baissa la tête et courut l'enfouir dans les jambes de sa maman qui venait d'apparaitre sur le perron.

— Bonjour ! répondit, en revanche, la fillette, vraisemblablement plus encline à socialiser.

Mais la mère bondit dans la cour, attrapa la petite par un poignet et la tira à l'intérieur, les yeux rivés sur ses chaussures, sans adresser un mot ni un sourire à Amandine et Xavier.

— Sympa, la voisine ! commenta ce dernier.

— Quel comportement bizarre ! Je peux comprendre qu'elle briefe ses gosses pour ne pas parler aux inconnus, mais elle, elle aurait pu dire bonjour !

Tant pis, ce n'était pas une voisine antipathique qui leur ferait changer d'avis sur la maison.

Le téléphone de Xavier sonna et il s'éloigna de quelques mètres pour converser avec son client.

Amandine balaya encore une fois du regard le lotissement aux habitations arc-en-ciel qui serait bientôt le leur. En se retournant pour rejoindre son conjoint, alors que ses narines détectaient une forte odeur de coriandre dans l'air, une lucarne au dernier étage de la villa verte retint son attention. Un homme d'une trentaine d'années tenait dans ses bras un gamin. Tous deux la fixaient de façon étrange. Elle leur adressa un signe de la main qu'ils lui rendirent. Au moins, le mari était mieux élevé que sa femme et répondait quand on le saluait.

Les voisins avaient donc trois enfants. Quelle santé ! Les deux rouquins qui étaient le portrait craché de leur mère, et le petit dernier, brun au teint mat comme son papa.

Amandine rattrapa Xavier qui avait raccroché pour lui raconter ce bref échange et le fait que les habitants du pavillon d'à côté, avec bien trois gamins, avaient apparemment fait ce dont l'agent immobilier leur avait parlé : aménager l'étage sous les toits.

Dès qu'ils furent sortis de l'ellipse du lotissement, le parfum de coriandre s'estompa. Elle imagina la mémé au chignon en train de cuisiner dans sa jolie maison bleue.

Ils se plairaient sans doute, ici. Elle allait faire en sorte de faire taire définitivement la petite voix en elle qui tentait de tout gâcher et, un jour, elle aussi contribuerait à faire baisser la moyenne d'âge du quartier en mettant au monde une petite boule d'amour. Comme chaque fois qu'elle ressentait une émotion forte, positive ou négative qu'elle fut, elle commença à triturer le pendentif qui ne quittait jamais son cou.

C'était un médaillon doré en forme de goutte. Un soleil couchant était gravé sur une face, une étrange inscription ornait l'autre. « Le passage ne se fait qu'avec le cœur léger ». Elle n'avait jamais compris ce que cela signifiait. Mamie Josette le lui avait remis le jour de ses quatorze ans, estimant qu'elle était désormais capable d'en prendre soin. Elle lui avait raconté qu'elle avait toujours vu ce bijou au cou de sa belle-fille — la maman d'Amandine — et qu'elle savait qu'il lui venait de sa propre mère. Elle n'a jamais pu expliquer comment, quarante-huit heures après les inondations qui avaient emporté son fils et sa belle-fille, ce pendentif était apparu sur la commode de sa chambre. Le mystère n'avait jamais été résolu.

Les petites lunettes rondes

— Brava, Signorina Audibert ! l'avait félicitée son chef ce matin-là, en prononçant chaque lettre de « Audibert » comme le font les Italiens, « t » final compris.

Les chiffres des ventes de l'année précédente étaient excellents et elle y était pour beaucoup. Le marché des capsules de café était déjà en pleine expansion avant la pandémie, mais il fallait avouer que cette triste période lui avait donné un coup de pouce. Avec les bars fermés, les personnes qui n'auraient peut-être jamais acheté de machine de ce genre pour déguster un bon expresso à la maison avaient décidé de s'équiper.

Elle classa ses fiches et étudia un moment l'opuscule de la nouvelle marque que sa boîte allait commencer à commercialiser. Ses locaux étaient situés dans le nord de l'Italie et elle offrait trois mélanges de cafés en plus du déca, rigoureusement traité à vapeur. Ils utilisaient plus d'arabica que de robusta et procédaient à une torréfaction claire. Le résultat était un breuvage doux, fruité, aromatique, mais sans l'amertume que confère le robusta et qui plait tant aux Italiens

— et à Amandine — mais ne convient pas au marché international. En France, en Allemagne, en Angleterre, les goûts et les habitudes sont différents en matière de café. Ils le veulent long et délicat. Amandine s'était tout de suite adaptée quand elle avait été embauchée chez « Il Caffè degli Dei ». Elle avait appris à apprécier l'expresso à l'italienne, court, épais et corsé, et aujourd'hui elle n'arrivait plus à boire ces grands mugs à la mode franco-américaine.

Elle rangea ses dernières fiches en songeant que l'année 2023 n'allait pas être simple. Entre la hausse des matériaux, celle du coût des transports, et les factures l'électricité et gaz qui atteignaient un niveau jamais vu, son entreprise avait dû, comme tant d'autres, répercuter une partie des augmentations sur le prix du produit fini. La clientèle, bien entendu, n'appréciait pas.

Elle quitta son bureau à 17 h 38 et décida d'aller flâner un peu en bord de mer. Elle avait encore une bonne heure devant elle.

Xavier, qui devait rencontrer un client dans le coin, lui avait proposé de l'attendre. Après son rendez-vous, ils seraient allés dîner chez « Pasta e Basta ».

À pied, elle longeait la « Via Papa San Giovanni XXIII » pour rejoindre la « Passeggiata Cavallotti » quand son regard tomba sur Alexandre. Son beau-frère était attablé à la terrasse d'un café, seul devant une tasse de cappuccino, près d'une colonne chauffante dont étaient équipés beaucoup de bars pour ne pas renoncer à l'extérieur en période hivernale.

Elle se demanda ce qu'il fabriquait là et fit quelques pas dans sa direction pour aller le saluer, mais une splendide jeune femme déposa un baiser sur les lèvres d'Alexandre et prit place en face de lui. Amandine s'arrêta net. Elle cligna des paupières trois ou quatre fois pour s'assurer qu'elle ne rêvait pas. Mais non. La belle brune était bien réelle. Elle échangeait avec Alexandre des regards dégoulinants de tendresse. Ils avaient les mains entremêlées de part et d'autre de la tasse de cappuccino fumante.

Son beau-frère avait une maitresse ! Bien plus jeune que lui, des cheveux noir de jais coupés à la garçonne, une ligne parfaite et des yeux profonds et rieurs. L'antithèse d'Hortense. Amandine se surprit à ressentir une pointe de compassion pour sa belle-sœur. Une pointe seulement. Et cela ne dura pas. Elle se remémora toutes les vacheries qu'Hortense lui avait faites au fil des années, les moqueries, les regards méprisants. Et l'empathie disparut d'un coup pour laisser place à un léger sourire satisfait. Hortense n'avait que ce qu'elle méritait. Elle en était là de ses réflexions quand elle vit le couple — puisqu'il ne faisait aucun doute que c'en était un — se lever et se diriger vers la voiture d'Alexandre garée quelques mètres plus loin. Elle remarqua que son beau-frère avait oublié ses petites lunettes rondes sur la table en fer forgé. Sans trop y penser, elle s'approcha furtivement, récupéra la paire de lorgnons et déguerpit à grandes enjambées.

Elle avait toujours éprouvé une sympathie particulière pour Alexandre. Elle le plaignait, en réalité. Il avait passé son existence à faire ce que les autres attendaient de lui. D'abord ses parents, puis sa femme. Tous lui dictaient la conduite à adopter. Il n'avait pas réellement choisi son métier, pas vraiment décidé de sa vie. Contrairement à Xavier qui avait pu s'offrir le luxe de faire ses propres choix, autant professionnels que sentimentaux — ses parents lui ne lui accordant qu'un intérêt très modéré — Alexandre avait dû sentir peser sur ses épaules une pression énorme. Il était l'aîné, l'enfant désiré. Il ne pouvait pas décevoir les attentes de Madeleine et François. Cette jeune femme devait être pour lui une bouffée de fraîcheur, d'insouciance, de bonheur. Aussi, Amandine, au-delà de ses relations houleuses avec Hortense, n'arrivait pas à en vouloir à son beau-frère.

Elle fourra les lunettes dans son sac et gagna le bord de mer. Elle s'assit sur le muret couvert de graffitis qui séparait l'asphalte de la plage de gravillons. Le vent s'était levé. Elle remonta le col de son caban et se concentra sur celle qui lui offrait immanquablement un spectacle apaisant : la Méditerranée. La peau boursouflée de la Grande Bleue ondulait devant elle.

— Coucou ! Tu ne te lasseras jamais de regarder la mer, hein ?

Xavier venait de la rejoindre. Il s'assit près d'elle et passa un bras autour de ses épaules.

— Non, je crois que ce spectacle me fascinera toujours.

Elle n'aurait su expliquer pourquoi, mais elle décida de ne rien dire à son conjoint au sujet de son frère. Quelque chose, comme un warning mental, lui indiquait que ce serait une erreur de lui en parler. Elle se surprenait souvent à envier les couples qui n'ont jamais besoin de peser les mots, d'évaluer les conséquences possibles avant d'ouvrir la bouche. Les couples qui peuvent se permettre le luxe de la spontanéité.

Amandine, elle, devait calculer. Même si elle savait bien que l'amour devrait être exonéré de calculs.

Arrivés chez « Pasta e Basta », un serveur les installa à une petite table couverte d'une nappe Vichy au bord de la baie vitrée, et ils commencèrent à étudier le menu. Il y avait une multitude de pâtes différentes et autant de sauces à choisir. Ils passèrent commande.

— Je ne sais pas comment annoncer à mes parents qu'on a trouvé la maison de nos rêves et qu'on décline leur offre de nous pistonner pour l'attique niçois qui leur fait face.

— Ils vont très mal le prendre, c'est sûr.

— Et si je téléphonais à Alexandre ? Ça passera mieux si c'est lui qui le leur dit.

Il sortit son portable de sa poche, mais Amandine arrêta son geste.

— Non, attends ! N'appelle pas maintenant !

Elle ne voulait pas gâcher à son beau-frère un des rares moments de bonheur que lui accordait sa triste vie. Il devait se trouver encore dans les bras de la belle brune de ces heures. Elle tenta de lui laisser un peu de temps.

Xavier la regarda, étonné.

— Pourquoi pas tout de suite ?

— Parce que... ils doivent être à table et tu sais qu'Hortense risque de lui passer un savon s'il répond au téléphone pendant le repas.

— Tu as raison. Il a déjà assez de problèmes comme ça avec sa harpie de femme, n'en rajoutons pas. J'appellerai un peu plus tard.

Leur commande arriva : *Tagliatelle con salsa alla boscaiola* pour Xavier, et *Trofie al Pesto* pour Amandine. Ils dégustèrent leurs pâtes avec une jubilation non dissimulée. Les *trofie* d'Amandine avaient la bonne consistance, une légère résistance sous la dent puis elles fondaient sur le palais. La sauce aux champignons de Xavier était incroyablement parfumée et devait contenir un respectable pourcentage de cèpes. Un délice.

Ce n'est qu'à la fin du repas qu'il dégaina son portable pour joindre son frangin.

— Alex ? Je te dérange ?

— Euh… Non, je suis encore au bureau. Je rentrerai tard ce soir, beaucoup d'affaires compliquées en ce moment.

Amandine, qui tendait l'oreille, tenta de réprimer un petit sourire. Elle jeta un œil au fond de son sac, les lunettes de son beau-frère attendaient sagement d'être restituées à leur propriétaire.

Il accepta de servir d'intermédiaire entre le couple et Madeleine et François. Il leur annoncerait à leur place que Xavier et sa compagne avaient trouvé une maison qui leur convenait et qu'ils pouvaient dire à leurs « relations dans l'immobilier » que leur coup de piston n'était plus requis.

La belle-fille idéale

Le quartier résidentiel qu'habitaient Alexandre et Hortense était plutôt agréable, calme, parsemé de zones vertes. Le seul problème était le parking. Trouver une place pour se garer à proximité des maisons relevait du miracle.

Amandine se résigna à faire un créneau dans une ruelle perpendiculaire à l'avenue de son beau-frère. Elle détestait faire les créneaux. Elle y parvint tout de même après quelques manœuvres maladroites, verrouilla la voiture et s'engagea à pied dans la l'allée où les platanes exhibaient sans pudeur leur nudité hivernale. Sur un banc, à quelques mètres de l'entrée d'Alexandre, une vieille dame tricotait tranquillement, ignorant l'air frais de janvier.

— Bonjour ! lança Amandine souriante.

La femme au tricot leva vers elle un regard d'une douceur infinie.

— Bonjour mademoiselle.

Une forte odeur de coriandre émanait de la grand-mère. Elle avait dû cuisiner épicé ce matin-là, avant de sortir prendre l'air et se consacrer au tricotage.

Amandine arriva sur le perron et sonna. Elle n'avait pas dit à Xavier qu'elle avait l'intention de se rendre chez Alexandre. De ces heures, il devait être seul à la maison, car Hortense était partie accompagner leurs filles à l'école et avait pour habitude de boire un thé avec ses copines après avoir déposé Charlotte et Clotilde.

Son beau-frère lui ouvrit et ne masqua pas sa surprise.

— Amandine ? Salut ! Qu'est-ce que tu fais ici ?

La jeune femme sortit de son sac les petites lunettes rondes et les lui tendit.

— Je viens te rapporter ça. Tu les as oubliées sur la table d'un café à Vintimille hier.

Il devint plus pâle que les murs blancs de l'entrée dans laquelle il n'avait pas encore invité Amandine à s'avancer.

— Je... Merci, répondit-il, visiblement gêné, en récupérant ses lorgnons. Heureusement, j'en avais une autre paire à la maison, mais je me demandais bien où j'avais égaré celle-ci.

Elle eut pitié en lisant l'embarras sur le visage d'Alexandre et lui vint en aide en changeant de sujet.

— Elle est mignonne la petite mémé qui tricote sur le banc, là. Tu la connais ?

— Quelle mémé ?

Amandine se retourna pour la lui indiquer, mais la dame avait disparu.

— Je… Non, rien. Elle a dû partir pendant que je sonnais chez toi. Je te laisse. Bonne journée !

Alexandre la rattrapa par le bras.

— Attends ! Entre un moment, tu veux bien ? Je… Je crois que je te dois des explications, bredouilla-t-il en brandissant les lunettes retrouvées.

— Tu ne me dois rien, Alexandre. Et sache que je n'ai rien dit à Xavier, si c'est ça qui t'inquiète.

Il réussit tout de même à la convaincre d'entrer.

Quand ils furent installés dans les fauteuils en cuir marron du salon, il lui servit un thé aux fruits des bois.

— Qu'est-ce que tu as vu exactement hier ?

— J'ai constaté que tu as meilleur goût que je ne pensais en matière de femmes, le taquina-t-elle.

Les joues d'Alexandre passèrent du blanc au rouge vif.

— Elle s'appelle Estrella. Je l'ai connue il y a un an, dans un bar devant le tribunal où je prends mes repas sur le pouce les midis où mes minutes de pause déjeuner sont comptées. Elle est journaliste et son bureau se trouve aussi dans ce quartier.

— Elle a l'air très jeune.

— Vingt-huit ans, oui. J'étais un préado de douze ans quand elle est née. Ça nous fait toujours drôle d'y penser.

Amandine remit sur la table basse son mug de thé encore fumant. Il était bien trop chaud pour être ingéré sans risquer une brûlure du gosier au troisième degré.

— Je peux te poser une question, Alexandre ?

— Au point où on en est…

— Pourquoi tu as épousé Hortense en sachant pertinemment que ton bonheur n'était pas avec elle ?

— Je me le demande souvent et je t'avoue que j'ai un peu honte de la réponse. Je pense que c'était surtout pour complaire à mes parents. Elle était parfaite à leurs yeux. Distinguée, cultivée. Elle savait exactement comment se comporter lors des évènements mondains. Elle provenait d'une bonne famille. Du moins, c'est ce qu'elle nous a fait croire...

— Qu'est-ce que tu veux dire ?

Alexandre avala une gorgée de thé qui avait, maintenant, une température acceptable. Il grimaça, ajouta une cuillerée de sucre et touilla nerveusement le breuvage.

— Quand je l'ai connue, elle m'a menti sur son identité, sur ses origines. Elle s'était construit un personnage, inventé des parents pleins aux as qu'on ne pouvait pas rencontrer, car toujours en voyage autour du globe.

— Et ce n'était pas vrai ? Je n'ai jamais entendu parler de la famille d'Hortense.

— Non. Un jour, j'ai découvert qu'elle m'avait raconté des bobards. Elle nous avait roulés dans la farine, mes parents et moi, avec une habileté qui m'a bluffé.

— On peut dire qu'elle a quand même du talent, alors...

— Comme actrice, elle est imbattable. Mais...

— Mais ?

— Ça va te paraitre étrange, tu risques de me prendre pour un dingue...

— La vie n'est rien sans une juste dose de folie.

Alexandre lui adressa un sourire sincère. Ça lui faisait visiblement du bien de pouvoir se confier à quelqu'un qui ne le jugeait pas.

— Quand j'ai découvert qu'elle m'avait menti sur ses origines, au lieu de lui en vouloir j'ai été attendri. Parce que j'ai saisi les raisons pour lesquelles elle l'avait fait.

— C'est-à-dire ?

— Elle avait honte. Elle n'a pas eu une enfance facile. Son père s'est fait la malle quand elle était toute petite, elle n'en a aucun souvenir. Et sa mère faisait des ménages. J'ai même cru comprendre qu'elle se livrait de temps en temps à un autre type de prestation moyennant paiement, mais je n'ai pas osé approfondir le sujet avec Hortense qui se met à trembler si on en parle. Cette pauvre femme faisait, je pense, tout ce qu'elle pouvait pour sa fille. Elle lui a permis de faire des études, ce qui n'était pas gagné vu la situation. Mais Hortense n'assumait pas cette condition. Elle rêvait d'une existence luxueuse, d'une villa, d'une belle voiture. D'une vie mondaine où elle aurait été respectée. De robes de grands couturiers et de colliers de perles.

Amandine était sous le choc. Elle avait toujours pensé que sa belle-sœur était née dans un cocon doré. Elle se rendit compte du travail que ça avait dû être d'apprendre à se comporter comme une première dame, en ayant de normales origines prolétaires.

— Mais tu veux dire qu'elle t'a utilisé pour avoir le niveau social dont elle rêvait ?

— Clairement, oui. Mes parents n'ont jamais découvert ses mensonges. Elle est la belle-fille idéale.

— Contrairement à moi ! gloussa Amandine.

— Contrairement à toi, c'est vrai. Mais toi, tu es authentique. Et tu es avec mon frère par amour, enfin, je crois.

Amandine eut quelques secondes d'hésitation.

— Oui, ce n'est pas toujours facile, mais je pense que oui. Et avec sa mère, Hortense a coupé les ponts parce qu'elle n'était pas assez distinguée pour elle ?

— Elle est morte il y a dix ans. Deux ans avant la naissance de Charlotte. Je ne l'ai jamais rencontrée. Hortense la voyait très rarement et rigoureusement seule. Elle ne voulait pas mélanger sa nouvelle vie avec l'ancienne.

— Je comprends que tu aies envie de légèreté et de fraîcheur avec… euh…

— Estrella.

— Estrella, oui. Ne t'inquiète pas, tu peux compter sur ma discrétion.

— Je te remercie. Si tu as besoin de quoi que ce soit, d'un service quelconque ou simplement de parler toi aussi, je suis là.

— D'accord. Je m'en souviendrai.

— Ça m'a fait du bien de discuter avec toi.

Amandine lui adressa un clin d'œil complice en prenant congé.

— Pas de souci.

Elle boutonna son caban et s'engagea dans l'allée des platanes pour regagner sa voiture, tête baissée car le vent qui s'était levé lui glaçait le cou.

— Bonne journée mademoiselle.

Amandine se retourna. La vieille dame au tricot, au parfum de coriandre, au regard si doux était de nouveau sur son banc, bravant les bourrasques gelées qui faisaient danser ses pelotes. Elle tricotait.

— Merci. Vous n'avez pas froid comme ça ? Je peux vous offrir une boisson chaude ? Il y a un café au coin de la rue.

— Vous êtes adorable, mademoiselle, mais ça va aller. Je fais une couverture pour ma fille, elle vous plait ?

Amandine s'approcha et admira l'ouvrage. La dame en avait déjà fait une bonne longueur. Une couverture patchwork, une explosion de couleurs vives en petits carrés savamment alternés.

— C'est magnifique. Votre fille en sera ravie, j'en suis sûre.

La tricoteuse lui offrit son plus beau sourire. Elle avait un visage où les rides profondes n'étaient pas des imperfections, mais le témoignage d'une vie de dur labeur. Elle avait l'expression d'une personne qui a affronté bien des combats et a toujours fait triompher l'amour. Un regard enveloppant qui apaisait Amandine.

Trois coups de klaxon retentirent dans son dos. Deux automobilistes étaient en train de se disputer une place de parking à une dizaine de mètres. Elle secoua la tête, dépitée par tant de virulence pour si peu. Lorsqu'elle pivota à nouveau vers la vieille dame pour commenter l'incident, celle-ci s'était volatilisée. Amandine, incrédule, se retourna dans tous les sens, scruta les alentours. Rien. Seuls le vent qui sifflait entre les tuiles des maisons autour, et les deux conducteurs nerveux, lui tenaient compagnie dans la rue. Elle était sidérée. Comment était-ce possible ? Comment une personne âgée avait-elle pu s'échapper si rapidement emportant avec elle aiguilles et pelotes ? Était-elle devenue folle ? Avait-elle rêvé ? La vieille dame au tricot ne pouvait tout de même pas être le fruit de son imagination, de la fatigue accumulée dernièrement. Perplexe, désorientée, elle regagna sa voiture.

Mamie Josette au cinéma

Quand « Jerusalema » retentit dans l'appartement, Amandine était encore dans les bras de Morphée et elle mit presque une minute à réaliser qu'il s'agissait de la sonnerie de son portable. Elle émergea, jeta un regard à Xavier qui ronflait, béat — elle enviait furieusement son sommeil profond — puis, elle se traina jusqu'au salon. La chanson reprit et lui permit de repérer le téléphone qui avait glissé entre les coussins du divan. L'écran affichait « Clinique La Madeleine ». Elle eut l'impression que son cœur s'arrêtait, que son sang se figeait dans ses veines. La clinique n'appelait certainement pas à l'aube pour lui annoncer une bonne nouvelle. Elle répondit d'une voix tremblante et celle de l'infirmière lui parut lointaine, comme irréelle.

— Mademoiselle Audibert, je voulais juste vous prévenir qu'on a dû transférer votre grand-mère au rez-de-chaussée.

— Pourquoi ? Son état a empiré ? Je l'ai vue il y a deux jours et elle m'a reconnue ! s'emballa Amandine, tentant de retenir ses larmes.

Elle redoutait ce coup de téléphone depuis des mois. Elle avait beau savoir que c'était inévitable, elle se berçait de l'illusion que ça n'arriverait pas. Mamie Josette ne pouvait pas régresser au point de descendre au rez-de-chaussée avec les cas désespérés. Au point de ne plus avoir de moments de lucidité. Au point de l'oublier.

— Son état s'est beaucoup dégradé ces dernières heures. Elle délire et se montre plus agitée. Elle nous a dit que son fils et sa belle-fille allaient venir la chercher.

Amandine déglutit difficilement et essaya de garder son calme. Ne pas paniquer.

— Mes parents sont décédés il y a plus de trente ans.

— Nous le savons, mademoiselle Audibert, c'est écrit dans la fiche de votre grand-mère.

— Qu'est-ce qui va se passer maintenant ?

Des larmes silencieuses déferlaient à présent sur les joues de la jeune femme.

— C'est le cours normal de la maladie, mademoiselle. Nous souhaitions juste vous prévenir que la prochaine fois que vous rendrez visite à madame Audibert, vous la trouverez au rez-de-chaussée, chambre numéro 7.

— Elle me reconnaitra encore ? sanglota Amandine en montant dans les aigus.

Elle se rendait bien compte que sa question était idiote, que l'infirmière ne pouvait pas y répondre. Mais elle avait besoin d'être rassurée. Elle eut soudain envie que la soignante lui dise ce qu'elle voulait entendre, quitte à lui mentir. Qu'elle lui annonce que mamie Josette allait guérir, qu'elle pourrait la ramener à Vaison-la-Romaine, la faire valser comme au bon vieux temps, aux bals des villages alentour. Qu'elle la verrait de nouveau rire aux éclats devant les sketches de Raymond Devos et chanter à tue-tête les chansons d'Aznavour. Mais l'infirmière n'en fit rien. Elle n'était pas payée pour mentir.

Amandine raccrocha, enfila les premiers vêtements qui lui tombèrent sous la main — un pull en laine mérinos vert pâle et un jean effet délavé — attrapa ses clefs sur le guéridon du vestibule et se précipita vers la clinique.

Dans le hall, elle tapa le code qui ouvrait la porte du service et traversa le couloir qui menait aux chambres du rez-de-chaussée. Numéro 7. Elle inspira un grand coup, frappa pour la forme et entra. La pièce était vide. Pas de mamie Josette ni dans le fauteuil ni sur le lit. Elle bondit hors de la chambre, en proie à la panique et se heurta à une blouse blanche qui dégageait un agréable parfum d'after-shave mentholé. Elle leva les yeux et rencontra ceux du charmant infirmier qui lui avait proposé un café lors de sa dernière visite.

— Pardon ! s'excusa-t-elle en se détachant du torse sculpté qu'elle devinait à travers la blouse et qu'elle venait gauchement de percuter de plein fouet.

— Pas de souci, ce n'est pas tous les jours qu'une ravissante jeune femme se jette sur moi avec autant d'entrain, je ne vais pas me plaindre ! répliqua le soignant dans un sourire enjôleur.

Amandine n'était hélas pas d'humeur à s'abandonner au jeu de la séduction.

— Je cherche ma grand-mère. Josette Audibert. Elle n'est pas dans sa chambre.

— Ne vous inquiétez pas, tout va bien. Elle est dans la salle commune avec les autres résidents du rez-de-chaussée. Venez, je vous accompagne et je vous les présente. Je m'appelle Samuel, déclara-t-il en tendant la main.

La jeune femme la lui serra.

— Amandine.

Ils arrivèrent dans une grande pièce avec une longue table gris perle, d'autres rondes plus petites, et des fauteuils assortis. Il y avait même une bibliothèque dont Amandine doutait de l'utilité dans ce service. Dans un coin, une dame aux cheveux violets disciplinés en une permanente parfaite se balançait dans un rocking-chair, le regard perdu dans le vague.

— C'est madame Henry. Elle a soixante-dix-huit ans. Son mari était coiffeur. Il vient la voir tous les jours, s'en occupe et la peigne avec une tendresse infinie. De temps en temps, il parvient à trainer leurs fils jusqu'à la clinique, mais ils y viennent à reculons.

— C'est triste...

— Chacun réagit à sa manière à la perte d'un être cher, que ce soit une disparition physique ou un éloignement dû à l'Alzheimer. J'essaye de ne pas juger.

Elle trouva ce jeune homme très sage. Il avait raison.

— Ah ! Te voilà enfin ! s'exclama une dame d'une cinquantaine d'années, carré blond et court, en se plantant devant elle.

Amandine fit un pas en arrière, surprise.

— Ça fait des heures que je t'attends, maman ! Tu sais que je n'aime pas rester seule avec la maitresse !

Samuel, amusé, observait Amandine. Il avait l'air de se demander comment elle allait s'en sortir. Elle lui lança un regard entendu. Défi accepté. Elle prit la femme au carré blond par le bras et l'entraina vers un fauteuil.

— Je suis là maintenant, tout va bien, lui murmura-t-elle. Assieds-toi ici un moment, il faut que je discute avec la maitresse. Je n'en aurai pas pour longtemps.

La dame accepta de bonne grâce et prit place dans le siège que lui indiquait maman Amandine.

— Pas mal du tout ! la félicita Samuel quand elle revint vers lui. Vous savez vous y prendre ! C'était madame Chapuis. Elle n'a que cinquante-quatre ans. C'est la jeunette de la clinique. Alzheimer parfois frappe très tôt, et dans son cas, il est assorti d'une démence précoce qui lui fait voir sa mère partout.

— Et ma grand-mère ? Où est-elle ?

Il l'entraina dans une petite pièce mitoyenne équipée d'un grand écran et de deux divans qui semblaient plutôt confortables.

— Elle est au cinéma avec monsieur Jaumes.

Amandine fut soulagée de la trouver assise sur le canapé de droite. Elle fixait l'écran qui transmettait un film de Chaplin. À sa gauche, un monsieur, qui n'avait apparemment rien à faire du cinéma muet, dévisageait mamie Josette avec des yeux de merlan frit. Amandine lança un regard interrogateur à Samuel.

— Monsieur Jaumes est un chaud lapin ! plaisanta-t-il. Sa femme vient le voir souvent, mais entre une visite et l'autre — et parfois même pendant — il oublie qu'il est marié. Quelquefois, c'est commode Alzheimer.

Amandine se surprit à sourire. Cet infirmier avait une manière de dédramatiser qui la mettait à l'aise.

— Et là, il drague ouvertement mamie Josette ? pouffa-t-elle.

— Mamie Josette a beaucoup de chance. Monsieur Jaumes est le seul homme du service du rez-de-chaussée et il n'a d'yeux que pour elle depuis son arrivée.

Amandine se rendit compte qu'elle était en train de fixer les irrésistibles petites fossettes qui se creusaient de part et d'autre des lèvres du bel infirmier chaque fois qu'il souriait. Elle détourna le regard. L'espace d'un instant, elle s'était sentie aussi subtile et discrète que monsieur Jaumes qui dévorait des yeux mamie Josette.

Un bip provenant de la poche de la blouse de Samuel les fit sursauter.

— Je dois y aller, je vous laisse avec votre grand-mère.

— Merci.

Amandine s'assit à côté de Josette Audibert qui ne se retourna pas vers elle, absorbée par les mouvements cadencés de Charlot qui défilaient devant elle.

— Je suis là, lui susurra-t-elle en posant une main délicate sur celle de la vieille dame.

Monsieur Jaumes, sur l'autre divan, continuait à manger des yeux sa grand-mère, ignorant la présence d'Amandine. Au bout d'une bonne dizaine de minutes qui semblèrent défier l'éternité, mamie Josette pivota vers sa petite fille et lui sourit tendrement.

Le cœur d'Amandine se remplit de joie.

— Ah ! Tu es venue me chercher ! Ce n'est pas trop tôt, Laurence ! Où est Thierry ?

En entendant les prénoms de ses parents, la jeune femme se figea une fraction de seconde, désorientée, puis se mit à triturer nerveusement son pendentif. Mais elle se souvint de ce qu'on lui avait expliqué sur les patients Alzheimer. Il ne sert à rien de les corriger, de les reprendre, de souligner leurs erreurs. Lui dire que son fils était mort il y a plus de trente ans reviendrait à lui communiquer la nouvelle pour la première fois, chaque fois. Elle revivrait la même indescriptible souffrance, encore et encore. Alors Amandine mit en pratique ce qu'on lui avait appris. Elle joua le jeu.

— Il va bientôt arriver, ne t'inquiète pas.

Mamie Josette, soulagée, se retourna de nouveau vers l'écran et Charlot captura son attention. Amandine resta encore presque une demi-heure à lui tenir la main. Monsieur Jaumes s'était endormi sur l'autre divan et du coin de ses lèvres s'échappait un sifflement lorsqu'il expirait.

Amandine se leva, déposa un baiser sur le front de sa grand-mère et quitta la « salle de cinéma ». Elle traversa la pièce commune et remarqua que madame Henry se balançait encore dans son rocking-chair. Le déplacement d'air faisait danser sa permanente violette.

Soudain, elle sentit une pression sur son bras droit. Elle baissa le regard. Une petite dame incroyablement ridée, aux cheveux longs et teints d'un noir de jais, l'avait attrapée par la manche. Elle avait des yeux d'encre profonds et pénétrants. De grandes créoles dorées pendaient à ses oreilles dont les lobes s'étiraient un peu trop vers le bas, certainement fatigués de porter le poids des bijoux depuis de longues années. Quelque chose dans le regard de cette résidente paralysa Amandine.

— Tu les vois toi aussi, hein ? Tu les vois ?

La jeune femme, troublée, dégagea son bras de l'étreinte non désirée.

— Qu'est-ce que je vois, madame ?

— L'odeur ? Tu la sens l'odeur ? Moi, c'est la lavande ! Toi, c'est quoi ?

Amandine décida de couper court, car, contrairement aux autres malades, dérangés, mais inoffensifs, cette personne avait quelque chose d'effrayant.

— Je dois y aller.

Elle s'éloigna en accélérant le pas et se rendit compte, avec soulagement, que l'étrange dame aux cheveux noirs ne la suivait pas. Elle se contentait de la regarder partir.

Arrivée sur le parking, elle s'adossa un instant à sa voiture et respira profondément. Beaucoup d'émotions se bousculaient en elle après cette visite et elle devait se ressaisir pour être en état de conduire.

— Ça va, Amandine ?

Elle pivota et se retrouva nez à nez avec Samuel.

— Un peu secouée, mais ça va aller, merci.

Elle remarqua que le jeune infirmier n'était plus en tenue de travail. Il portait un jean Lévis, un pull-over noir près du corps et un blouson en cuir ouvert. Elle avait encore dû, sans s'en rendre compte, le toiser d'un regard insistant, car il indiqua ses vêtements de ville et proposa en souriant :

— Comme tu vois, j'ai fini mon service, on peut aller boire quelque chose si tu veux ? Ça ne te dérange pas qu'on se tutoie ?

— Non, non. Enfin, je veux dire : oui, bredouilla Amandine.

— J'ai l'habitude des réponses pas très claires, vu mon travail, mais là je n'ai pas tout compris, la taquina-t-il.

Amandine se mit à rire en rosissant un peu.

— Excuse-moi, je suis plutôt perturbée par la visite d'aujourd'hui. Je voulais dire : non, ça ne me dérange pas qu'on se tutoie. Et oui, ça me ferait plaisir d'aller boire un verre. J'ai besoin de reprendre mes esprits avant de rentrer chez moi.

— Parfait ! Laisse ta voiture ici, je te raccompagne après. Je t'emmène dans un petit café sicilien qui fait des *cappuccini* spectaculaires et des *cannoli* à s'en lécher les doigts pour ne pas en gaspiller une miette. Je crois que c'est exactement ce qu'il te faut.

Il lui ouvrit la portière côté passager de son Audi noire garée à quelques mètres. Un geste de galanterie qui ne passa pas inaperçu auprès d'Amandine, peu habituée à ce genre d'attentions.

Pendant qu'il conduisait avec des mouvements sûrs, elle essayait de se donner une contenance tant bien que mal. Elle s'efforçait surtout de résister à la tentation de le manger des yeux. C'était troublant. Samuel lui faisait un effet incroyable. Elle le connaissait à peine, mais s'il avait voulu s'engager sur l'autoroute, là maintenant, et l'emmener au bout du monde, elle n'aurait pas protesté. Ça ne lui était jamais arrivé avant. Jamais. Elle avait toujours été fidèle à Xavier. Sans aucune difficulté, en réalité. Sans se poser trop de questions. Elle n'avait simplement jamais été attirée par un autre homme, jamais eu besoin de résister à la tentation. Jamais eu besoin de décider si, oui ou non, elle avait envie de résister. Une bouffée de culpabilité se répandit soudain dans l'espace entre sa tête et son cœur. Elle devait être honnête au moins avec Samuel qui se montrait si gentil.

— Je... Ce verre, c'est en tout bien tout honneur, n'est-ce pas ? Je veux dire, je suis en couple. Je voulais juste que ce soit clair.

Elle l'avait dit d'une manière beaucoup plus radicale qu'elle ne l'aurait souhaité et le regrettait déjà.

Un flash traversa son esprit. L'air hautain de Xavier voulant se faire mousser devant ses parents. La perspective d'un futur auquel une partie d'elle s'était résignée.

« Nous avons bien l'intention de mettre au monde un héritier »

— Ah oui ? Je te croyais célibataire, répondit-il sans réussir à dissimuler la déception dans sa voix.

Amandine en fut ravie.

— Du coup, tu as changé d'avis pour le *cappuccino* ?

— Pas du tout ! Le *cappuccino* tient toujours, je dois juste passer un coup de fil à Las Vegas où j'avais prévu de faire un crochet pour t'épouser sur le trajet du retour...

Il avait réponse à tout et parvenait systématiquement à la faire sourire. Son ironie fusait avec un tel naturel qu'elle mettait forcément de bonne humeur. Et ces fossettes...

Il rejeta en arrière une mèche rebelle, noire et bouclée, qui lui tombait devant les yeux et se retourna vers Amandine.

— Ça t'arrive souvent d'aller boire des verres avec des inconnus pendant que ton fiancé t'attend à la maison ?

Voilà, il allait la prendre pour une fille facile. Sa gestion de cette situation n'aurait pas pu être pire ! Elle s'était complètement plantée.

— Non, ça ne m'arrive jamais. Mais je comprendrais que tu n'y croies pas.

— Je te crois, répliqua-t-il en plongeant dans ceux d'Amandine ses yeux noirs et profonds.

Ils arrivèrent au *Caffè Gattopardo* et choisirent une petite table près de la baie vitrée. Il flottait dans l'air un parfum sucré de pâtisserie fraîche qui mettait l'eau à la bouche. Ils passèrent commande.

— Ma grand-mère ne m'a pas reconnue aujourd'hui. C'est la première fois que ça arrive. J'avais beau m'y être préparée depuis des mois, sachant que ça finirait par se passer comme ça, l'épisode m'a bouleversée. Elle m'a prise pour ma mère.

— C'est dur, je sais. J'ai perdu mon grand-père il y a cinq ans. Il avait cette saleté d'Alzheimer. Ça touche plus de femmes que d'hommes, mais *Nonno Salvatore* avait pioché la mauvaise carte au jeu de la vie. C'est après ça que j'ai choisi de me spécialiser pour travailler dans ce genre de structures.

— Je suis désolée.

— Il a eu une belle existence qu'il a passée dans l'une des plus sublimes régions du monde : la Sicile. Il a eu une femme qui l'a aimé jusqu'au bout et quatre enfants, dont mon père.

Quand les premiers symptômes sont apparus, il avait soixante-douze ans. Tout est allé très vite. Il nous a quittés trois ans après, en tenant la main de ma grand-mère, qu'il appelait désormais « maman ».

Le serveur apporta leur commande. Amandine essuya du revers de la main les larmes qu'elle n'avait pu retenir.

— Excuse-moi, je suis nul. J'invite une charmante demoiselle à boire un *cappuccino* et je la fais pleurer au bout de trois minutes.

— Non, non, ne t'excuse pas ! C'est que je te comprends et ça me fait du bien de savoir que tu me comprends aussi, même si je suis désolée pour ton grand-père.

Elle admira les chefs-d'œuvre dans les tasses de porcelaine blanche que le serveur avait déposées devant eux. Elle saisissait maintenant pourquoi Samuel avait parlé de *cappuccino* spectaculaire. Sur la mousse épaisse, onctueuse à souhait, l'artiste-barman avait esquissé, en saupoudrant du cacao, des vagues et un soleil couchant qui n'étaient pas sans rappeler la gravure de son médaillon dans la tasse d'Amandine, et une chaine de montagnes dans celle de Samuel.

— Je te l'avais dit ! fanfaronna ce dernier, l'air satisfait.

— C'est superbe ! Et bon en plus, ajouta Amandine sans s'apercevoir que des moustaches de mousse blanche s'étaient dessinées sur sa lèvre supérieure.

Samuel, amusé, les lui ôta à l'aide d'une serviette en papier. Elle rougit légèrement, gênée par ce geste complice, et en même temps de plus en plus attirée par cet homme qu'elle connaissait à peine. Plus elle le regardait, plus elle se sentait sur le point de flancher. Elle imaginait un combat entre l'armée de ses neurones et celle, dopée à bloc, de ses hormones.

— Et tu n'as pas encore goûté le *cannolo* !

Il prit délicatement le petit rouleau de pâte croquante rempli de crème et le porta aux lèvres d'Amandine qui n'en était, désormais, plus à se poser des questions sur l'intimité ni l'ambigüité de ce geste.

L'armée des neurones pleurait déjà de nombreuses pertes. Celle des hormones avançait, menaçante.

Elle se ressaisit comme elle put en changeant de sujet.

— Une résidente m'a tenu des propos étranges juste avant que je ne quitte la clinique. Une dame avec des cheveux longs, noirs, et de grandes boucles d'oreilles.

— C'est Alma, notre voyante, expliqua Samuel en retrouvant un brin de sérieux.

— Voyante ?

— Oui, avant de trouver l'Alzheimer sur son chemin, elle lisait les cartes, les lignes de la main, tout ça. Elle prétend même communiquer avec l'au-delà.

— Voilà pourquoi elle m'a semblé si étrange ! Plus étrange encore que les autres personnages du service, je veux dire.

Il la raccompagna jusqu'au parking de la clinique. Déjà installée au volant de sa Twingo, elle baissa la vitre.

— Samuel ?

— Oui ?

— Merci.

— Merci à toi ! J'ai passé un bon moment. À la prochaine !

— Attends !

Il se retourna à nouveau vers Amandine qui, avant de démarrer, lui demanda malicieusement :

— Qu'est-ce qui te faisait penser que j'étais célibataire ?

— Tu viens toujours seule rendre visite à mamie Josette.

Elle réalisa que c'était vrai. Xavier était monté avec elle deux ou trois fois à Vaison-la-Romaine au début de leur relation. Il avait connu sa grand-mère. Mais depuis qu'elle l'avait placée à « La Madeleine », il ne l'avait pas accompagnée une seule fois. À vrai dire, il ne lui demandait même pas de nouvelles de mamie Josette.

Elle fut d'abord tentée d'essayer de prendre la défense de Xavier, pas tellement pour lui, mais parce qu'il n'y a rien de plus compliqué que de reconnaitre sa propre condition de victime. Elle allait dire que c'était parce que son fiancé travaillait beaucoup, qu'il n'avait pas le temps. Mais, devant le regard sincère de Samuel, elle n'eut pas le courage de mentir. Car la vérité, son cœur la connaissait même si ses lèvres se refusaient de l'énoncer. La vérité était que, depuis qu'elle était en couple avec Xavier, son passé à elle s'était progressivement estompé. Elle avait perdu contact avec ses amis et effacé tout ce qui appartenait à sa vie d'avant. À l'époque, elle ne s'était pas rendu compte de tout ça.

L'éloignement géographique semblait justifier celui affectif. Les amis de Xavier étaient devenus les leurs. Les habitudes de Xavier étaient devenues les leurs. Seule mamie Josette avait gardé sa place au premier rang dans le quotidien de la jeune femme. Et elle s'y agrippait de toutes ses forces, comme un naufragé à une planche qui flotte. Un doute surgit pourtant :

— Comment tu sais que je viens toujours seule ? Ça ne fait pas longtemps que tu travailles ici…

— Disons que j'ai posé quelques questions à mes collègues.

— Tu t'es renseigné sur moi ? demanda-t-elle, flattée.

Il lui adressa un clin d'œil et monta dans son Audi.

— À bientôt, Amandine.

La sculpture Moltonel

Le grand jour du déménagement était arrivé. Xavier s'était montré fin négociateur et avait fini par signer au prix qu'il prévoyait d'y mettre. Il était désormais l'heureux propriétaire de la maison jaune. Il n'avait pas voulu un centime d'Amandine et leur nouvelle demeure était entièrement à son nom à lui. Il avait expliqué que c'était mieux ainsi, que, n'étant pas mariés, il valait autant que chacun garde son indépendance financière et matérielle. Elle avait accepté. Il lui avait assuré que ça ne faisait aucune différence, que ce n'étaient que des papiers, qu'elle se sentirait chez elle exactement comme lui. Elle avait feint d'y croire. Il l'avait enlacée, lui avait murmuré qu'il était au comble du bonheur de partager son quotidien avec elle. Il l'avait embrassée et lui avait dit qu'il l'aimait. Elle avait menti. Il avait fait l'amour, elle avait fait semblant.

Depuis deux semaines, elle avait la tête ailleurs. Elle essayait de chasser le bel infirmier de son esprit, de se dire qu'elle n'avait aucune raison de se faire des films, que sa vie était toute tracée avec Xavier, elle était perdue.

— Je le pose dans la chambre celui-ci ?

Elle revint sur Terre. Xavier avait dans les bras le dernier carton qui portait l'inscription « pulls Amandine ».

— Oui, merci.

— Très bien ! Il n'y a plus qu'à défaire tout ça, maintenant ! s'exclama-t-il, enthousiaste.

Elle observa autour d'elle la farandole d'emballages et eut un instant de découragement. Il lui prit la main.

— Ne t'inquiète pas. On est deux, on va y arriver. Tant qu'on est ensemble, on arrivera toujours là où on veut aller.

« Là où TU veux aller », pensa-t-elle.

Il déposa un bisou sur son front et commença à extirper des premières boîtes toute leur batterie de casseroles en inox. Elle le rejoignit dans la cuisine et rangea dans les placards ce qu'il lui faisait passer.

Il fallait qu'elle arrête de se torturer. Elle avait tout pour être heureuse : un compagnon qui l'aimait, une jolie maison colorée, un travail satisfaisant. Elle avait encore le temps pour mettre au monde un enfant. Elle réussit à peu près à s'en convaincre et en fin de matinée ils s'écroulèrent tous les deux sur le divan, une bière dans une main, un pan-bagnat dans l'autre.

— On a fait du bon boulot. Il ne te reste que les cartons « salle de bain » à vider cet après-midi. Les derniers, ce n'est pas urgent. Ce qui est livres et objets de déco, on fera ça progressivement, d'accord ?

— Oui. Tu es sûr que tu dois aller bosser cet après-midi ?

— Certain, ma puce, je ne peux pas me permettre de perdre ces clients.

Le boulot, toujours le boulot. Xavier n'avait pas osé marcher dans les empreintes paternelles déjà suivies par son frère et refusé d'entrer en fac de Droit, mais il avait bel et bien hérité de François d'être un bourreau de travail, quoi qu'il en dise.

— Termine juste la salle de bain, et après repose-toi, OK ? Tu en as beaucoup fait ce matin. Le ciel commence à se couvrir, des orages sont prévus pour cet après-midi. Reste au chaud et profites-en pour dormir un peu, d'accord ?

Il l'embrassa et, trente secondes plus tard, elle entendait sa voiture démarrer.

Amandine replia les serviettes et en fit des piles régulières dans le meuble sous le lavabo. Elle déposa les flacons de parfum, les gels douche et les shampoings sur les étagères. Les crèmes dans un petit panier en osier, les rouges à lèvres dans leur trousse. Elle se demandait où placer le stock de papier toilette accumulé en début de pandémie qui n'avait toujours pas été écoulé. Ils avaient peut-être un peu exagéré. Elle sortit les rouleaux des emballages et les empila sur la dernière tablette disponible en une charmante sculpture blanc et rose. Les deux derniers n'y rentraient pas.

Elle en tenait un dans chaque main quand le piaillement d'un oisillon résonna au rez-de-chaussée. Elle sourit en réalisant qu'il s'agissait de la sonnette originale que Xavier avait insisté pour installer et qui retentissait pour la première fois. C'était bien ce qu'elle pensait : cette sonnerie était ridicule. Elle descendit ouvrir et trouva sur son paillasson *home sweet home* une femme au chignon gris et aux petits yeux inquisiteurs. Elle tenait à deux mains un grand plat ovale débordant de sablés dorés nappés d'une confiture orangée.

— Bonjour, je suis Bernadette Frichon, la voisine, mais peut-être que je n'ai pas choisi le bon moment pour venir me présenter… s'excusa la visiteuse, indiquant du regard les deux rouleaux de Moltonel qu'Amandine avait dans les mains.

— Oh ! Non, ne vous en faites pas, j'étais juste en train de vider les derniers cartons.

Amandine lança le papier toilette sur le meuble du vestibule et fit un pas de côté.

— Je vous en prie, entrez. Je m'appelle Amandine Audibert. Mon fiancé vient d'acheter cette charmante maison, mais là il est au travail.

Dans le ciel, les cumulus gris y allaient bon train, poussés par le vent qui augmentait en puissance. Amandine frissonna et referma la porte derrière madame Frichon.

— Oui, je vous ai vus le jour où vous êtes venus la visiter. J'ai tout de suite senti que ce serait vous mes nouveaux voisins.

— On a eu un coup de cœur pour ce lotissement.

— Le lotissement, oui… répéta la vieille dame, songeuse.

Amandine, déstabilisée par ce changement de ton, préféra détourner la conversation sur les biscuits que madame Frichon tenait encore entre ses mains parcourues de saillantes veines bleues.

— Ils ont l'air délicieux ces sablés !

Madame Frichon sembla sortir brusquement du monde mystérieux de ses pensées.

— Oui, je les ai faits pour vous et votre mari, pour vous souhaiter la bienvenue, expliqua-t-elle en tendant le plat à Amandine.

Cette dernière hésita à préciser que ce n'était pas son « mari », mais décida d'éviter ce genre de détails inutiles, le B-A-BA des bons rapports de voisinage étant de ne pas en savoir trop sur les autres et qu'ils en sachent le moins possible sur soi.

— C'est adorable, merci beaucoup.

— Ils sont à la confiture d'abricot. Vous aimez l'abricot ?

— Énormément, ils doivent être excellents.

Elle posa le plat sur la table basse et invita Bernadette Frichon à s'asseoir.

— Je peux vous offrir un café ? Un thé ?

La voisine accepta un thé vert « Touareg » à la menthe qu'elle prit avec un nuage de lait et une demi-cuillerée de sucre de canne. Une connaisseuse.

Calée dans les coussins moelleux du divan, elle lissait du plat de la main sa robe à grosses fleurs jaunes sur fond indigo.

— J'habite la maison bleue, si un jour vous avez besoin de quoi que ce soit, n'hésitez pas.

— Merci, madame Frichon.

— Appelez-moi Bernadette.

— Bernadette, oui, j'aurais une question.

— Dites-moi tout, la pria la voisine ravie de pouvoir rendre service.

— Je me demandais si vous aviez fait aménager les combles dans votre charmante villa.

— Les combles ? Oh non ! Pour quoi faire ? Mon mari nous a quittés il y a huit ans. Je vis seule. La maison est déjà trop grande pour moi, le dernier étage me sert de grenier. Si vous voyiez le chantier que j'y ai accumulé au fil des années !

— Je comprends. Désolée pour votre époux.

— Merci.

Bernadette Frichon se laissait transporter par l'arôme intense de la menthe qu'elle avalait à petites gorgées.

Tout à coup, la pièce devint sombre et le grondement du tonnerre résonna, menaçant. Amandine, son mug d'infusion orange cannelle à la main, s'approcha de la fenêtre. Le spectacle des orages l'avait toujours fascinée. De furtives zébrures dorées déchirèrent les moutons gris. Le ciel gronda à nouveau, puis décida de se délester du trop-plein d'eau que le ventre lourd des cumulus nimbus n'arrivait plus à porter. L'asphalte de la route circulaire du lotissement se teinta d'un noir luisant au contact de la pluie battante. Le vert de la façade de la maison d'à côté se fit d'abord moucheté, puis uniforme, mais plus foncé. Par la lucarne du dernier étage sous le toit, elle aperçut de nouveau le voisin et son petit garçon qui lui faisaient signe. À la fenêtre de sa cuisine, Amandine leur adressa un grand sourire et agita la main pour leur rendre leur salut. Elle s'étonna de la fragrance étrange qu'émanait son infusion. Au lieu des notes douces et fruitées de l'orange et de la cannelle, flottait dans la pièce une odeur de coriandre. Bizarre. Elle était certaine d'avoir inséré une capsule « Arancella : arancia e cannella » dans sa machine Dolce Gusto. Elle n'aurait jamais rien acheté à base de coriandre, beurk ! Ça sentait le savon !

Elle se retourna vers madame Frichon qu'elle avait abandonnée sur le divan.

— Les habitants de la maison verte ont l'air de l'avoir aménagé, eux, le dernier étage...

— Les Laroque ? Non, Marianne et Sébastien n'ont rien aménagé du tout. Je l'aurais su s'ils avaient fait des travaux. Vous les avez rencontrés ?

Amandine vint se rasseoir près de sa voisine. Dehors, le déluge ne faiblissait pas et elle se demanda comment Bernadette Frichon allait rentrer chez elle après le thé.

— « Rencontrés » est un bien grand mot ! Je pense avoir vu tous les membres de la famille : le mari, la femme et leurs trois enfants. Mais on n'a pas échangé une phrase. Madame Laroque n'a pas l'air très aimable, risqua-t-elle en espérant qu'elle n'était pas une grande amie de madame Frichon.

— Elle n'a pas trop le choix, je crois. Son époux n'aime pas qu'elle parle à des inconnus. Mais des enfants, ils n'en ont que deux, pas trois.

Amandine se demanda si elle avait bien fait de coller mentalement sur le front de Bernadette Frichon l'étiquette « commère du lotissement » dès la première seconde où elle l'avait vue. En réalité, elle n'était peut-être pas si informée que ça. Elle ne savait même pas combien de gosses avaient ses voisins les plus proches !

— Ils ont les deux rouquins, portraits crachés de leur maman...

— Oui, Jade et Gabriel, les jumeaux.

—... et le plus petit, il doit avoir deux ans, brun au teint mat. Il ressemble plus au papa.

Elle se retourna vers la fenêtre pour les indiquer à sa voisine, mais la lucarne était éteinte.

Bernadette Frichon haussa les sourcils, perplexe.

— Mais enfin, de qui parlez-vous ? Les Laroque n'ont que Jade et Gabriel, les jumeaux aux cheveux carotte. Et puis Sébastien Laroque n'est pas du tout brun au teint mat. Il est blond comme les blés.

— Mais je les ai vus plusieurs fois là-haut...

Le visage de madame Frichon s'éclaira :

— Ah ! J'ai compris ! Vous devez confondre avec la famille Elbakri ! Ceux de la maison violette, de l'autre côté de la vôtre.

— Mais non, je...

— Eux, ils ont bien trois enfants : Mehdi, Noham et Inès. Ils ont, d'ailleurs, transformé les combles en deux chambres, une pour leurs deux garçons et la seconde pour leur fille. Et ils sont bruns au teint mat !

Amandine allait répliquer qu'elle était certaine de ce qu'elle avait vu et qu'il s'agissait du pavillon vert, mais quelque chose la retint. Elle repensa à l'étrange comportement de Marianne Laroque la fois où elle ne lui avait pas rendu son « bonjour », et à la phrase de madame Frichon : « elle n'a pas trop le choix, son mari ne veut pas qu'elle parle à des inconnus ». Étant donné que l'homme qu'elle avait aperçu à l'étage ne correspondait pas à la description de son époux, peut-être était-ce un amant ? Même si un amant qui se pointe chez sa maitresse avec son gamin, ce n'est pas banal.

L'orage s'était calmé, la pluie avait cessé et un peu de clarté commençait à renaitre dans le lotissement arc-en-ciel.

— Il y a sept maisons dans ce lotissement, vous apprendrez à connaitre tout le monde, ne vous inquiétez pas, lui dit Bernadette qui se voulait rassurante.

— Oui, j'imagine.

— Si on avait été tous en bons termes, on aurait pu organiser un grand repas tous ensemble pour faire les présentations, comme ils font dans les films sur M6 !

— Parce que vous êtes en mauvais termes avec les voisins, Bernadette ?

— Moi ? Non ! Moi, je ne me mêle pas des affaires des autres ! Jamais !

Amandine eut toutes les peines du monde à retenir un petit ricanement.

— Je n'en doute pas... Mais ?

— Mais nos voisins, eux, ne sont pas tous bons amis. Les Laroque n'aiment pas les Elbakri. Je pense que c'est parce que Sébastien a des tendances un peu racistes. Ils sont marocains, les Elbakri.

Amandine se demanda si l'homme qu'elle avait vu à la fenêtre des Laroque pouvait être monsieur Elbakri.

— Farid et Najet sont des gens très gentils. Elle travaille comme cuisinière à la cantine de l'école primaire de Garavan, lui s'occupe de la mise en rayon à Intermarché. Vous vous rendez compte que les Laroque ne veulent pas que les jumeaux jouent avec les enfants Elbakri ?

— Vraiment ? C'est absurde !

— Oui. Et puis il y a Monique et Serge Tessier. Maison rose. Elle est enseignante, lui, banquier. On ne fait que les croiser. Ils sont très discrets.

— D'accord. Et les deux autres ?

— La villa orange est à Claude Roussel. Un homme d'une cinquantaine d'années, un peu bourru. Célibataire endurci, on aperçoit de temps en temps entrer et sortir de chez lui de jeunes femmes habillées court et très maquillées, si vous voyez ce que je veux dire…

— Ah, je vois, oui.

— Je pense que ce sont des professionnelles, chuchota Bernadette, pas peu fière de sa révélation.

— J'avais compris, répondit Amandine sur le même ton, en lui adressant un clin d'œil complice.

— Monsieur Roussel ne s'entend pas du tout avec les Laroque.

— Ah, lui non plus ? Ils n'ont pas beaucoup d'amis !

— En effet. Ils étaient déjà un brin spéciaux avant, mais depuis la pandémie ça a empiré.

— Comment ça ? Ils ont eu de graves problèmes de santé ?

— Non, mais Marianne avait développé une phobie des microbes. Elle en était au point de ne plus sortir de chez elle, même après la fin du confinement. Son mari disait qu'il avait essayé de la convaincre à prendre un peu l'air, mais qu'elle était trop terrorisée pour mettre le nez dehors. À mon avis, ça l'arrangeait bien, le Sébastien Laroque. Il est d'une jalousie maladive, alors la savoir enfermée à la maison devait être plutôt rassurant pour lui.

Amandine écoutait avec intérêt toutes les révélations de Bernadette Frichon. Comment pouvait-on accepter de vivre aux côtés d'un homme de ce genre ? L'antipathie qu'elle avait éprouvée pour Marianne Laroque lors de leur première rencontre se mua en compassion.

— Et le pavillon carmin à côté de celui de monsieur Roussel ?

— Ah, celui-là…

Madame Frichon garda le silence quelques secondes. Elle semblait chercher ses mots.

— Celui-là ?

— La maison rouge n'est plus habitée.

— Ah bon ? Elle n'était pas en vente, pourtant. On ne nous a proposé que la jaune.

— Bien sûr que non ! Qui pourrait la vendre ? Le propriétaire a disparu !

Amandine trouvait ce lotissement de plus en plus intrigant.

— Comment ça « disparu » ?

— La maison rouge appartient à Jérôme Sevrard, le meilleur ami de Claude Roussel. Un homme d'une beauté insolente, si vous l'aviez vu ! Un grand brun ténébreux qui faisait tourner bien des têtes. Même ma vieille caboche à moi ! Si mon défunt mari m'entendait… murmura-t-elle, les joues empourprées, en exécutant le signe de croix.

Amandine ne put retenir un petit rire derrière son mug.

— Si beau que ça ?

— Oh que oui !

— Et il n'habite plus la maison rouge ?

— Il a disparu du jour au lendemain il y a deux ans sans laisser de traces. Pschitt ! Volatilisé !

Elle mima avec ses longs doigts fripés comme de la poussière qui s'envolait.

— Mais si Claude Roussel est son meilleur ami, il doit bien savoir où il est parti, non ?

— Peut-être. Je l'ignore. En tout cas, il prétend n'être au courant de rien. Et étant donné que Jérôme Sevrard est orphelin, on n'a pu avoir recours à aucun proche pour obtenir des nouvelles. Tout ce que je peux vous dire c'est que depuis la disparition de Sevrard, les relations entre Claude Roussel et les Laroque se sont beaucoup envenimées.

— Les Laroque ? Qu'est-ce qu'ils viennent encore faire là-dedans, eux ?

Bernadette Frichon écarta les bras, les paumes vers le haut en signe d'impuissance. Mystère et boule de gomme.

Une salopette et un sourire

Le radio-réveil indiquait 6 h 23 quand Amandine ouvrit les yeux. La respiration de Xavier était régulière, il roupillait encore profondément. Elle essaya de se détendre, ferma les paupières à nouveau. Ne penser à rien. Se rendormir. C'était peine perdue. Au bout de quinze minutes, elle baissa les bras. Elle n'arriverait pas à retrouver le sommeil. Délicatement, elle se hissa hors des couvertures et s'éclipsa sur la pointe des pieds. Seule à la table de la cuisine, elle dégusta un *mocaccino*, deux biscottes nappées de miel toutes fleurs et un verre de jus d'oranges sanguines.

La veille au soir, elle avait raconté à Xavier la visite de madame Frichon et tous les cancans concernant le voisinage. Il l'avait écoutée d'une oreille distraite, trop concentré sur le fait que ses parents étaient encore fâchés. Ils ne s'étaient pas remis du fait que leur préférence soit allée à la villa jaune et non à l'appartement panoramique en face de chez eux. Avoir des beaux-parents vexés ne troublait pas le moins du monde Amandine. Au contraire, ils auraient peut-être la chance de ne plus être invités aux dîners-torture pendant quelque temps.

Elle avait expliqué à Xavier que quelque chose clochait chez les Laroque, qu'elle avait vu plusieurs fois un homme brun avec un bambin à la lucarne de la maison d'à côté, mais que madame Frichon lui avait assuré que ce n'était pas possible.

Xavier avait balayé son récit d'un simple :

— Ne te mêles pas des affaires des voisins, c'est le seul moyen de survivre dans un lotissement.

Ça l'avait un brin énervée, mais elle n'avait pas insisté.

Elle écarta les rideaux de la fenêtre de la cuisine. Le ciel était d'un azur immaculé. La journée serait sans doute fraîche, mais sans précipitations. Elle enfila un leggin et un sweat et décida d'aller courir un peu pour se vider la tête. Rien ne la détendait plus qu'un bon footing quand elle se réveillait à l'aube.

À petites foulées, elle quitta le lotissement et descendit vers le bord de mer. Elle longea toutes les plages, de l'ancienne douane jusqu'au Bastion. Elle ne courait pas très vite, mais avait de l'endurance. Elle ne le faisait pas dans le but de perdre du poids, comme la plupart des jeunes femmes, joues en feu et front trempé de sueur, qu'elle croisait sur la promenade. Ses trois ou quatre kilos de trop lui appartenaient et elle ne voyait pas pourquoi elle aurait dû s'en débarrasser pour complaire à la société des jambes Mikado.

Elle se reposa un peu, accoudée à la rambarde du Bastion, reprit son souffle, et se lança dans le trajet retour. L'odeur de la plage après la pluie avait quelque chose de magique. Elle se sentait purifiée corps et âme. Lorsqu'elle parvint à l'entrée du lotissement, elle estima qu'elle était encore en possession d'une bonne dose d'énergie et décida d'en faire le tour dans l'autre sens pour allonger de quelques dizaines de mètres le voyage jusqu'à sa maison jaune. Elle longea donc d'abord l'habitation orange et vit pour la première fois Claude Roussel qui s'apprêtait à monter en voiture.

— Bonjour ! lança-t-elle en passant à sa hauteur.

L'homme ne prit même pas la peine de tourner la tête vers elle.

— 'jour ! répondit-il en grimpant dans sa Renault avant de claquer la portière.

Sympa, le voisin, songea Amandine. Après tout, madame Frichon l'avait prévenue que Claude Roussel était bourru et solitaire, si l'on excluait les visites des demoiselles court-vêtues qu'elle soupçonnait d'exercer le plus vieux métier du monde.

Elle passa devant le pavillon rouge, volets fermés, écrasé par le silence de l'abandon. La disparition soudaine de son propriétaire piquait la curiosité d'Amandine.

La villa rose des Tessier avait les persiennes ouvertes, mais les autos avaient déserté la cour. Ils devaient être déjà partis travailler.

La plus animée, la seule qui mettait de bonne humeur, était la maison violette. Les enfants Elbakri chahutaient à l'étage et elle entendit une voix qui devait être celle de Najet s'écrier :

— On y va, les jeunes ! Tous en voiture, hop ! À l'école !

Amandine les vit débouler tous les trois à la queue leu leu dans l'encadrement de la porte d'entrée, bougons mais obéissants.

Elle essuya ses baskets sur le paillasson et tournait sa clef dans la serrure quand son regard fut attiré par la lucarne du grenier des Laroque. Quelqu'un venait d'éclairer la pièce et elle ne tarda pas à voir apparaitre l'homme au teint mat et son petit garçon. L'enfant avait des cheveux noirs en bataille, portait une salopette en jean, un tee-shirt rouge et un sourire craquant. Amandine les salua de la main en leur rendant leur sourire. Le parfum de coriandre qui la poursuivait ses derniers temps parvint de nouveau à ses narines et, en entrant dans son séjour, elle se demanda si l'odeur provenait de chez elle ou de dehors.

Elle s'apprêtait à demander à Xavier si c'était lui qui cuisinait à cette heure matinale — même si ça lui semblait peu probable — mais sa phrase se bloqua dans sa gorge lorsqu'elle entendit la voix de son conjoint provenant de la cuisine. Il était visiblement au téléphone.

— Oui, je sais parfaitement tout ça et je vous en remercie. J'aurais beaucoup aimé habiter en face de chez vous, mais j'ai dû prendre une décision.

Amandine comprit qu'il était en conversation avec ses parents. Elle soupira et s'approcha, à pas de loup, de la porte de la cuisine.

« J'aurais beaucoup aimé habiter en face de chez vous » quel hypocrite !

— Je l'ai fait pour Amandine, pour qu'elle soit plus près de son travail. Je me dis que si elle est moins stressée, elle réussira peut-être…

Ben voyons ! Vas-y, fais-moi porter le chapeau !

— Exactement. Mes amis médecins m'assurent que le mental compte énormément. Donc, moins de stress, plus de chances qu'elle tombe enceinte et que, cette fois, elle réussisse à porter la grossesse à terme. Elle n'a aucun problème physique qui pourrait l'en empêcher.

J'hallucine ! Il est en train de déblatérer sur mon utérus au téléphone avec sa mère !

— Je sais. Mais c'est avec elle que je veux fonder une famille. Avec le temps, vous finirez par l'apprécier. Je vous promets de tout faire pour qu'elle apprenne à mieux se comporter en votre présence. Tôt ou tard, elle se montrera à la hauteur de la famille Briand. Vous verrez, elle n'est pas stupide, elle y arrivera.

Amandine en avait, décidément, assez entendu. Elle abandonna l'idée de lui poser la moindre question au sujet de l'odeur épicée qui s'était, d'ailleurs, dissipée depuis. Elle courut jusqu'à la rampe d'escalier et grimpa au premier étage pour s'enfermer dans la salle de bain. Il était également hors de question de parler à Xavier de la lucarne des Laroque. À vrai dire, après ce qu'elle venait d'entendre, il était inconcevable de lui adresser la parole, ne serait-ce que pour des considérations météorologiques.

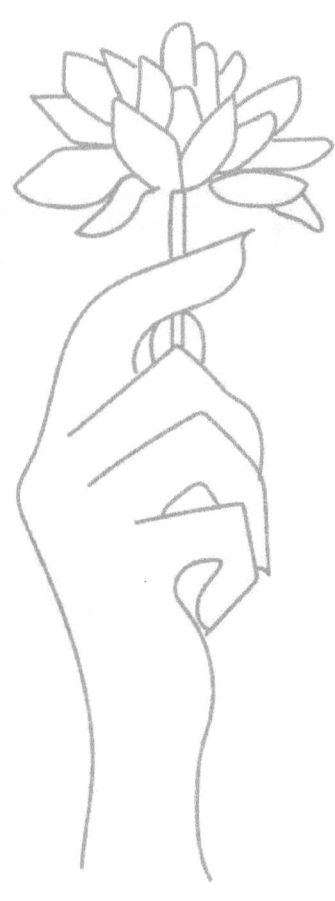

Conseil de voisin

L'allée des biscuits d'Intermarché étalait ses petites boîtes tentatrices sur quatre mètres de long et Amandine, qui s'imposait tout de même de ne pas en acheter plus d'un paquet par semaine, hésitait entre les cookies chocolat-noix-de-pécan, et les sablés fourrés à la pistache.

— Farid ! Le secteur pâtes est à moitié vide ! Trois palettes de Barilla sont arrivées hier, qu'est-ce que tu attends pour les sortir ?

En entendant ce prénom, la voix de madame Frichon résonna dans la mémoire d'Amandine : « Farid Elbakri s'occupe de la mise en rayon à Intermarché ».

La jeune femme jeta dans son caddy les sablés à la pistache et se précipita dans l'allée d'à côté pour connaitre l'un des rares voisins dont Bernadette Frichon avait fait l'éloge.

Farid Elbakri, grand et maigre, semblait flotter dans l'uniforme du supermarché. Ses cheveux luttaient contre les litres de gel qu'il leur avait collé et tentaient de friser quand même. En tout cas, ce n'était pas la personne qu'elle avait aperçue à plusieurs reprises chez les Laroque.

— Monsieur Elbakri ?

Le jeune homme se retourna surpris, un coulis de tomates dans une main, un rouleau d'étiquettes dans l'autre.

— Oui. On se connait, madame ?

— Oui, enfin non !

Ça y est ! Elle recommençait à lancer des phrases incompréhensibles.

— Je veux dire, on ne s'est encore jamais rencontrés, mais je suis votre nouvelle voisine. La maison jaune ! Madame Frichon m'a dit que vous travailliez ici et je viens d'entendre votre prénom alors je me suis permis de m'approcher pour me présenter.

Le visage du jeune magrébin s'éclaira.

— Oh ! Vous avez bien fait ! Enchanté ! Farid Elbakri, comme vous le savez déjà, apparemment, précisa-t-il en posant le bocal de coulis pour tendre la main à Amandine.

— Amandine Audibert. Tout le plaisir est pour moi. Madame Frichon m'a dit beaucoup de bien de votre famille.

Il sourit, visiblement flatté.

— Elle est gentille Bernadette Frichon, un peu curieuse, mais très gentille. Mes enfants l'adorent. Elle nous rend service quelques fois en les gardant une heure ou deux les jours où ma femme doit faire des commissions et que je suis au travail. Vous savez ce que c'est ! La queue à la Poste avec les gamins qui s'impatientent, c'est l'enfer !

— Je… euh… non, je ne sais pas, mais j'imagine.

Farid lut dans les yeux d'Amandine qu'il venait de faire une gaffe.

— Excusez-moi, je parle à tort et à travers.

Pas de souci. Vous au moins vous êtes sympathique. J'ai croisé monsieur Roussel ce matin, c'est à peine s'il a répondu à mon « bonjour ». Sans parler de Marianne Laroque…

— Mieux vaut vous méfier des Laroque, vous savez. Conseil d'ami. Enfin, de voisin. Ils sont méchants comme la peste !

— Je peux vous demander pourquoi vous êtes en si mauvais termes ?

— Sébastien Laroque est à moitié fou, il traite sa femme comme un objet, c'est choquant. Vous l'avez rencontré ?

— Non, je n'ai pas encore eu cette joie, répondit ironiquement Amandine. Mais j'ai aperçu une fois madame Laroque. Elle a littéralement lancé ses enfants dans la maison pour éviter qu'ils me disent « bonjour ».

— Ça ne m'étonne pas. Ces gens sont vraiment étranges. Quand on a emménagé, on était contents de constater qu'il y avait une autre famille avec des gosses plus ou moins de l'âge des nôtres dans le lotissement. On a voulu faire leur connaissance pour que nos gamins jouent ensemble. On pensait qu'on pourrait s'organiser pour les récupérer à 16 h 30 vu qu'ils fréquentent la même école.

Il s'arrêta et secoua la tête comme pour chasser de son esprit de mauvais souvenirs.

— Et quelque chose me dit que ça ne s'est pas passé exactement comme vous l'espériez…

— C'est le moins qu'on puisse dire ! Ils nous ont pratiquement fermé la porte au nez et ont interdit à leurs enfants de jouer avec les nôtres ! Pauvres gosses ! Je pensais que c'était du racisme, qu'ils ne voulaient pas nous fréquenter parce qu'on est d'origine marocaine. Mais je vois que Son Altesse Madame Laroque vous a snobée à vous aussi.

— Je viens de Vaison-la-Romaine, peut-être qu'ils ont également quelque chose contre le Vaucluse, dédramatisa Amandine.

— Ça doit être ça ! exclama Farid en lui rendant son sourire.

Amandine profita de la tournure complice qu'avait prise la conversation pour demander :

— Et le monsieur qu'on aperçoit souvent chez les Laroque avec un petit garçon d'environ deux ans, vous le connaissez ?

— Quel monsieur ?

— En passant devant la maison verte, j'ai vu à plusieurs reprises un homme brun au teint mat par la lucarne du grenier, mais j'ai appris par Bernadette qu'il ne s'agit pas de Sébastien Laroque.

— Ah oui ? Ce ne serait pas la première fois…

— Qu'est-ce que vous voulez dire ?

Farid hésita, un peu gêné. Il faillit ajouter quelque chose, mais se retint.

— Non, rien, je disais ça comme ça. Il faut que je vous laisse, mon boss va faire une crise cardiaque s'il remarque que je n'ai pas encore renfloué le rayon Barilla !

Il se saluèrent en se promettant d'organiser un repas ensemble avec leurs conjoints respectifs.

Éclats de miroir

Xavier rentra du travail à 20 h 30 sans même avoir pris la peine de prévenir Amandine de son retard. Ceci n'aida pas à la mettre de bonne humeur.

Sa deuxième erreur fut de ne pas trouver mieux comme premier sujet de conversation, dès qu'il eut franchi le seuil de la maison, que ses parents et le fait qu'ils furent encore vexés par leur choix immobilier. Amandine bouillonnait.

— Xavier, il faut qu'on parle.

— Bien sûr. Qu'est-ce qui se passe ? On peut manger en même temps ? J'ai une faim de loup.

Troisième erreur.

Elle lança sur la table de la cuisine l'assiette qu'elle lui avait préparée une heure plus tôt.

— Tu bouffes et tu m'écoutes, pour une fois !

Xavier la regarda, interloqué par une telle virulence.

— Ça ne va pas ? Qu'est-ce qui te prend ?

— Non, ça ne va pas. J'ai besoin que tu me prennes au sérieux !

— Calme-toi. Quel que soit le problème, on le résoudra. Explique-moi ce qui ne va pas.

Le ton posé et serein de son conjoint avait le don de propulser Amandine hors de ses gonds. Il n'est pas indispensable d'avoir fait de grandes études de psychologie pour savoir que dire « calme-toi » à une personne énervée est une très mauvaise idée !

— Ne te la joue pas Dalaï-Lama, ça m'agace ! J'ai bien réfléchi, il y a quelque chose qui cloche chez nos voisins, chez les Laroque.

Xavier leva les yeux au ciel.

— Encore cette histoire ? Mais tu ne devais pas laisser tomber et te mêler de tes affaires ?

— Ne recommence pas à minimiser. Écoute-moi, bordel !

Il n'avait jamais vu Amandine aussi agressive. Il se tut. Il écouta.

— Je pense que l'enfant a été kidnappé.

— Quel enfant ?

— Celui que je n'arrête pas d'apercevoir par la lucarne de la maison verte ! Essaye de suivre, merde !

Xavier se leva, s'approcha d'Amandine, la prit par les épaules et la fixa droit dans les yeux.

— Mandy, c'est toi qui devrais m'écouter maintenant. Tu as besoin de te faire aider. Depuis des années, je te conseille de consulter un professionnel, car tu n'as jamais vraiment accepté ta fausse-couche. Je t'ai donné les cartes de visite de différents psys que je connais. Tu ne les as jamais contactés. Mais c'était il y a cinq ans, il faut aller de l'avant ! Tu verras, la prochaine grossesse se passera mieux. Je crois en toi, je suis convaincu que tu n'échoueras pas une deuxième fois. Et si, à présent, tu en es au point d'avoir des visions, de voir des enfants inexistants par les fenêtres des voisins, là, on doit agir sans plus attendre. Tu as besoin d'aide, Amandine !

La jeune femme se dégagea de l'emprise des mains de Xavier qui se voulaient rassurantes et protectrices, mais faisaient à Amandine l'effet d'un étau dont elle devait se libérer.

— MA fausse-couche ?! JE N'ÉCHOUERAI pas une deuxième fois ?! hurla-t-elle, au bout de ce qu'elle pouvait supporter. Je ne suis pas folle, Xavier ! Il y a un gamin enfermé dans la soupente des voisins ! On ne le voit jamais ailleurs que dans cette pièce...

— TU le vois...

— ... dans cette pièce qui, aux dires de Bernadette, n'a jamais été arrangée et n'est autre qu'un grenier. Ce gamin ne sort pas de là ! Ça n'est pas normal ! Les deux rouquins jouent dans le jardin, pas lui. Pourquoi ?

— Amandine...

— Il y a un homme aussi avec l'enfant. Lui non plus, je ne l'ai jamais vu dehors. Et s'il était complice des Laroque, chargé de surveiller le gosse kidnappé ?

— Et si c'était simplement un ami des Laroque qui leur rend souvent visite ?

— Et tes invités, toi, tu les reçois dans le grenier ? En plus, ces gens sont peu sociables...

— C'est vrai, alors peut-être que c'est l'amant de madame Laroque et qu'ils font ça dans les combles pour ne pas risquer d'être surpris par le mari jaloux s'il rentre plus tôt que prévu.

Xavier avait parlé sur le ton de la plaisanterie. Il tenta de nouveau de la prendre dans ses bras, mais elle le repoussa.

— J'ai fait la connaissance de Farid Elbakri aujourd'hui.

— Qui ?

— Le voisin de la maison violette.

— Ah, OK. Il est sympa lui au moins ?

— Oui, très. Et lui aussi trouve que les Laroque sont bizarres en plus d'être antipathiques.

— Depuis que le monde est monde, les gens s'engrainent avec leurs voisins, ça ne prouve rien du tout.

— Tu as peut-être raison au sujet de l'amant. Farid m'a laissé entendre que ça ne serait pas la première liaison clandestine de Marianne Laroque.

— Ah parce que tu es allée parler de tes visions à Farid Eljaoui ?

— Elbakri ! Et ce ne sont pas des visions ! Xavier, je ne suis pas folle !

Devant le regard compatissant de son conjoint, Amandine préféra fuir. Elle fila s'enfermer dans la salle de bain dont elle claqua la porte avec une violence telle que la glace au-dessus du lavabo dégringola et se brisa en une dizaine de morceaux irréguliers. Merde ! C'était combien d'années de malchance pour un miroir cassé, déjà ?

Elle se baissa pour ramasser les éclats quand elle aperçut furtivement dans l'un d'eux le reflet de l'enfant à la salopette en jean. Elle se retourna. Évidemment, elle était seule dans la pièce. Et si Xavier avait raison ? Si elle était en train de perdre la tête ?

L'ourson de la pub Cajoline

Amandine avait passé un peu plus de temps que d'habitude à se pomponner pour se rendre à « La Madeleine ». Elle avait appliqué sur ses cils le mascara qui les allongeait, et même osé une petite touche de blush sur ses pommettes. Elle avait essayé trois jeans avant d'opter pour celui qui, selon elle, lui faisait une plus jolie silhouette. Un pull noir échancré mettait en valeur ce qui avait toujours été son point fort. Son pendentif fétiche luisait, bienheureux, entre ses seins. Elle s'admira dans le miroir de l'entrée et se trouva séduisante, mais un peu ridicule. Après tout, techniquement, elle allait rendre visite à mamie Josette. Elle n'avait pas besoin de se mettre sur son trente et un. Et pourtant…

Elle enfila son caban beige et ses bottines caramel. Elle fit glisser son index sur les tranches des pochettes pour arrêter son choix sur « Plus bleu que le bleu de tes yeux » et le plaça dans son sac avant de claquer la porte.

Arrivée à la clinique, elle pianota le code d'accès et parcourut le long corridor jusqu'à la chambre numéro 7 où elle s'apprêtait à frapper quand une voix familière bloqua son geste.

— Mamie Josette est dans la salle commune.

Elle fit volte-face et se félicita d'avoir passé quelques minutes supplémentaires à soigner son apparence. Au bout du couloir, Samuel-le-bel-infirmier lui souriait. Elle trouvait craquant le fait qu'il dise « mamie Josette ». À vrai dire, il lui faisait un tel effet qu'elle aurait certainement trouvé tout aussi craquant qu'il prononce « anticonstitutionnellement » ou bien « les chaussettes de l'archiduchesse sont-elles sèches ? ».

— Bonjour Samuel ! Merci, alors je vais la voir dans la salle commune.

— Je t'accompagne. Je ne voudrais pas que tu te perdes, ou pire : que tu te fasses draguer par monsieur Jaumes !

Amandine éclata de rire.

— Et pourquoi monsieur Jaumes ne pourrait-il pas tenter sa chance ? Hein ? Monsieur le bel infirmier veut l'exclusivité ?

Il la prit par le bras et l'entraina vers la grande pièce où les résidents pouvaient se regrouper lorsque la météo ne permettait pas les promenades dans le jardin.

— L'infirmier te remercie pour l'adjectif, même s'il est conscient de ne pas avoir l'exclusivité, malheureusement, répliqua-t-il avec une moue boudeuse.

Lorsqu'ils furent arrivés à destination, il lâcha son bras et la laissa aller retrouver sa grand-mère. Mamie Josette était installée dans le petit fauteuil à bascule au fond de la salle, devant la baie vitrée, et observait danser les brins d'herbe du parc au gré du vent.

Elle passa devant une table autour de laquelle madame Henry adressait des regards étonnés à son époux et à deux trentenaires qui devaient être leurs fils. Elle semblait se demander qui ils étaient et pourquoi ils avaient l'air de se disputer. Était-ce de sa faute à elle ?

— Je ne comprends pas pourquoi tu nous obliges à venir ici ! Elle n'a aucune idée de qui nous sommes ! Ça ne sert à rien ! braillait l'un des fils de madame Henry.

C'était assez choquant de l'entendre parler ainsi en présence de sa mère même si celle-ci n'avait plus les facultés de lui en tenir rigueur.

— C'est vrai ! renchérit l'autre fils. Toi aussi tu pourrais arrêter de venir perdre ton temps ici ! Pourquoi tu insistes, papa ? Tu vois bien qu'elle ne te reconnait pas !

Après quelques secondes d'un silence embarrassé, monsieur Henry prit la main de son épouse entre les siennes et murmura :

— Mais moi, je la reconnais.

Amandine tourna la tête et passa son chemin pour ne pas montrer à cette étrange famille qu'elle avait entendu leur conversation et que la beauté de la réponse de monsieur Henry lui avait fait monter les larmes aux yeux.

Elle s'approcha tout doucement de mamie Josette et effleura du bout des doigts son épaule. La grand-mère pivota vers elle avec une lenteur inhabituelle. Elle la fixa en plissant légèrement les paupières comme pour faire un effort de mémoire, puis laissa tomber et dirigea de nouveau son regard vers le jardin.

Amandine, paralysée par le chagrin, la paume toujours posée sur le bras de mamie Josette, inspira profondément et retenta.

— Coucou mamie ! C'est Amandine !

— Bonjour mademoiselle.

Ce fut comme si le carrelage beige moucheté de la clinique avait cédé sous ses semelles. Cette fois, elle l'avait perdue pour de bon. Elle se sentit sur le point de craquer. Elle avait envie de pleurer, de crier, de taper des pieds comme l'avait fait sa grand-mère le jour où elle l'avait abandonnée dans cette clinique. Un dernier sursaut de dignité lui suggéra de s'éloigner pour fondre en larmes. Elle ne pouvait pas flancher là, au beau milieu des résidents. D'ailleurs, elle remarqua à cet instant qu'ils étaient plus nombreux que la fois précédente. Beaucoup plus nombreux. Elle n'y avait pas prêté attention en arrivant. La jeune femme quitta la salle commune et parcourut les couloirs aux murs vert pastel. Ses bottines claquaient sur les grands carreaux beiges. Les larmes dévalaient ses joues, emportant dans leur torrent le mascara et le blush qu'elle avait mis avant de partir dans l'espoir de tomber sur…

— Amandine ? Ça va ?

— Samuel !

Sans trop réfléchir, elle revint sur ses pas et se jeta dans les bras de l'infirmier qui, pris au dépourvu, hésita quelques secondes, vérifia qu'aucun de ses collègues ne se trouvait dans les parages pour surprendre ces effusions peu professionnelles, et enveloppa Amandine. Elle enfouit sa tête dans le cou de Samuel sans cesser de sangloter.

— Mamie Josette ne me reconnait plus ! C'est fini ! Je l'ai définitivement perdue !

Il lui caressait le dos de la paume de sa main droite, la gauche posée à la base de son cou. Cet homme réussissait à l'apaiser avec une facilité déconcertante. Elle se détendit un peu.

— C'est normal, Amandine, ça arrivera de temps en temps. Les hauts ne sont plus à l'ordre du jour, je ne vais pas te mentir, mais il y aura des bas et des moins bas.

— Tu veux dire que ça ne signifie pas qu'elle ne me reconnaitra plus jamais ?

— Bien sûr qu'elle te reconnaitra. Une partie d'elle te reconnaitra toujours, même si elle aura de plus en plus de difficultés à te le faire comprendre. Mais à certains moments, tu t'en rendras compte, tu verras.

Elle sortit son visage du cou de Samuel. Ils étaient à quelques centimètres seulement et leurs lèvres semblaient pulser, impatientes de se rencontrer. Les yeux dans ses yeux,

Amandine sentait le souffle de l'infirmier, elle percevait son désir qui n'avait d'égal que celui qu'elle-même éprouvait.

Des voix se firent entendre au bout du couloir. Instinctivement, les deux jeunes gens s'éloignèrent l'un de l'autre. Deux soignantes passèrent près d'eux en continuant leur conversation. Ils se retrouvèrent de nouveau seuls, mais le charme était rompu.

— Essaye ça, suggéra Samuel en indiquant le vinyle qui dépassait du sac d'Amandine.

— Tu crois que ça peut marcher ?

— La musique a d'étranges pouvoirs. Retourne dans la salle commune, je vais chercher le tourne-disque dans la chambre de ta grand-mère et je vous rejoins, OK ?

Elle lui adressa un sourire Émail Diamant plein de tendre gratitude.

— Merci, Samuel. Je ne sais pas comment te remercier, je...

Il déposa furtivement un baiser sur ses lèvres, rapide, mais appuyé, lui fit un clin d'œil complice et s'éclipsa.

Amandine pénétra de nouveau dans la grande pièce où régnait un brouhaha incessant. C'était curieux que le nombre de résidents ait autant augmenté depuis sa dernière visite. Elle réalisa que flottait dans l'air de la salle commune le parfum de coriandre qui semblait la poursuivre depuis quelque temps. Elle regarda autour d'elle, reconnut madame Henry dont la petite famille s'en était allée, repéra monsieur Jaumes et madame Chapuis, mais ne parvint pas à identifier la source de cette étrange odeur qui la persécutait.

— Je sais que tu les vois !

Amandine se retourna et tomba nez à nez avec Alma. La voyante, qui avait planté ses yeux noirs dans ceux de la jeune femme, continua :

— Moi aussi je les vois. D'abord la lavande, et après, je les vois.

— Excusez-moi, madame, je dois aller retrouver ma grand-mère, tenta Amandine pour couper court et s'éloigner d'Alma qui l'effrayait toujours un peu.

— Ils sont là pour une raison. J'essaye de les aider, mais il y en a trop. Et moi, je suis seule et ne peux pas sortir d'ici. Il faut que tu me donnes un coup de main !

Amandine fut surprise de constater qu'Alma, bien qu'elle eût été placée au rez-de-chaussée, parvenait à faire des phrases longues et construites. Certes, le discours n'avait aucun sens, mais c'était la seule résidente, qu'elle entendait s'exprimer aussi bien.

Alma posa une main sur son bras.

— Tu m'aideras, dis ?

Amandine se dégagea et lui adressa un sourire forcé.

— Oui, bien sûr, un autre jour Alma.

Elle se demandait pourquoi cette femme lui faisait si peur. Après tout, ils étaient tous un peu dérangés ici, voire beaucoup. Pourquoi est-ce qu'Alma lui provoquait cette sensation étrange ?

Mamie Josette n'avait pas bougé de son fauteuil à bascule. Samuel arriva, le tourne-disque dans les bras. Il le déposa sur l'une des tables près du mur sous les regards curieux de quatre résidents qui s'étaient attroupés autour de lui, mais dont il semblait ignorer la présence.

Amandine sortit, d'une main un peu tremblante, le vinyle qu'elle avait choisi, le posa sur le plateau et plaça l'aiguille qui entama sa danse sur les sillons.

Les premières notes, douces et délicates comme un carillon, caressèrent l'air de la salle commune, et parmi les résidents, le silence s'imposa. Puis, la voix d'Aznavour se fraya un chemin quelque part entre les tympans et le cœur de ces personnes qui avaient beaucoup vécu, mais s'en souvenaient peu.

Plus bleu que le bleu de tes yeux

Je ne vois rien de mieux

Même le bleu des cieux[2]

Mamie Josette avait cessé de fixer la pelouse à travers la baie vitrée. Elle regardait autour d'elle, un sourire aux lèvres. Puis, devant l'air éberlué d'Amandine, Samuel s'approcha de sa grand-mère et lui tendit la main.

— M'accorderiez-vous cette danse, madame Audibert ?

La vieille dame ne bougea pas, mais Amandine vit déferler dans ses yeux des vagues de pur bonheur pendant qu'elle

---

[2] Tous les passages en italique de ce chapitre sont des extraits de la chanson "Plus bleu que le bleu de tes yeux », Charles Aznavour, 1951.

dévisageait l'infirmier penché sur elle. Il prit la main de mamie Josette, passa un bras sous ses aisselles, et l'aida à se lever.

Plus blonds que tes cheveux dorés

Ne peut s'imaginer

Même le blond des blés

Amandine, bouche bée, observait la scène en songeant que cet homme était un cadeau du ciel, une bénédiction.

Il entraina sa grand-mère au centre de la pièce, se plaça face à elle, une main dans la sienne, l'autre derrière son dos, et commença à la faire valser.

Plus pur que ton souffle si doux

Le vent même au mois d'août

Ne peut être plus doux

Mamie Josette virevoltait dans la pièce, entraînée par Samuel. Les autres résidents se laissèrent prendre par la magie de la musique et quelques couples se formèrent, même si l'Alzheimer ne connaissait pas la parité des genres. Monsieur Jaumes tentait, maladroitement, de faire danser madame Chapuis qui était trop euphorique pour remarquer qu'il lui écrasait régulièrement le bout des orteils. Alma fit valser madame Henry qui avait, fort heureusement, déjà oublié le douloureux épisode de la visite de ses fils.

Amandine, spectatrice de cette scène surréelle, n'en croyait pas ses yeux. Elle ne pouvait les détacher de Samuel qui tournait au bras de mamie Josette en chantant à tue-tête, faux comme une entière batterie de casseroles, mais attendrissant comme l'ourson de la pub Cajoline.

Plus fort que mon amour pour toi

La mer même en furie

Ne s'en approche pas.

Plus bleu que le bleu de tes yeux

Je ne vois rien de mieux

Même le bleu des cieux

Samuel et mamie Josette, en continuant de tournoyer, passèrent près d'Amandine et le jeune homme lui adressa un clin d'œil assorti de ce petit sourire à faire fondre ce qu'il restait de banquise. C'est alors qu'elle remarqua une chose incroyable. Une chose qui n'était plus arrivée depuis des mois, peut-être plus. Une chose qui la remplit d'une joie immense : sa grand-mère riait. Elle riait aux éclats, la tête en arrière, bercée d'insouciance. Elle riait comme avant les oublis, avant le diagnostic, avant cette maudite pieuvre qui effaçait de ses tentacules de gomme toutes les ramifications d'une vie de souvenirs. Mamie Josette riait au bras de Samuel.

Si un jour tu devais t'en aller

Et me quitter

Mon destin changerait tout à coup

Du tout au tout

Amandine, à cet instant, eut la certitude que ce jeune homme n'avait pas fait son apparition dans sa vie pour rien.

Madame Henry fit signe à Alma qu'elle était fatiguée et retourna s'asseoir. Pas découragée pour autant, la voyante aux créoles dorées attrapa un monsieur qui réajustait son nœud papillon aux motifs écossais et valsa avec lui sur les couplets suivants.

Plus gris que le gris de ma vie

Rien ne serait plus gris

Pas même un ciel de pluie.

Plus noir que le noir de mon cœur

La Terre en profondeur

N'aurait pas sa noirceur

Les larmes en équilibre sur ses longs cils, Amandine se laissa pénétrer autant par la mélodie de la chanson que par ses paroles. Elle songea que ce texte d'amour ne décrivait en rien ce qu'elle vivait avec Xavier. Elle se sentit un peu coupable, mais c'était ce qu'elle ressentait. Elle pourrait très bien se passer de lui. Pour être tout à fait honnête, elle savait, au fond d'elle, qu'elle serait plus heureuse sans lui, sans la pression constante qu'il exerçait sur elle, sans le poids de la culpabilité qu'il parvenait à lui faire éprouver. Elle avait, en revanche, plus de mal à imaginer des lendemains sans ce bel infirmier avec qui il n'y avait encore rien de concret, mais qui avait déjà bouleversé toutes ses certitudes.

Plus vide que mes jours sans toi

Aucun gouffre sans fond

Ne s'en approchera.

Plus long que mon chagrin d'amour

Même l'éternité

Près de lui serait courte.

Plus gris que le gris de ma vie

Rien ne serait plus gris

Pas même un ciel de pluie

— Tu sens quoi, toi, quand tu les vois ? Moi, c'est la lavande, mais j'ai connu une femme qui sentait la vanille. Ma grand-mère, c'était le romarin. Ça fait longtemps qu'elle n'est plus venue me voir, d'ailleurs.

Alma s'était lassée de danser et s'était approchée pour faire la causette à Amandine qui, détendue par le fond musical, avait un peu moins peur d'elle.

— Pardon, Alma ? Qu'est-ce que vous m'avez demandé ?

— Ton parfum, c'est quoi ?

— *L'Interdit* de Givenchy.

— Non ! Pas le parfum que tu portes ! Celui que tu sens quand tu les vois ! Je sais que tu les vois, toi aussi…

Amandine, mal à l'aise, ne trouvait pas de réponses à ces questions un brin trop farfelues. Heureusement, Samuel, en passant près d'elle, lâcha mamie Josette dans ses bras et la lui confia pour la fin de la chanson. Elle commença alors à valser entre les tables, les yeux plantés dans ceux de sa grand-mère, et la magie opéra. Mamie Josette savait qui elle était. Elle se souvenait. Amandine le sentait.

On a tort de penser, je sais bien,

Au lendemain.

À quoi bon se compliquer la vie

Puisqu'aujourd'hui...

Plus bleu que le bleu de tes yeux

Je ne vois rien de mieux

Même le bleu des cieux.

Plus blonds que tes cheveux dorés

Ne peut s'imaginer

Même le blond des blés

Samuel, accoudé à la bibliothèque en formica, couvait les deux femmes de son regard attendri. Il attendit la dernière note de la chanson pour faire signe à Amandine que l'horaire des visites touchait, hélas, à sa fin.

Plus pur que ton souffle si doux

Le vent même au mois d'août

Ne peut être plus doux.

Plus fort que mon amour pour toi

La mer même en furie

Ne s'en approche pas.

Plus bleu que le bleu de tes yeux

Je ne vois que les rêves

Que m'apportent tes yeux

Elle raccompagna mamie Josette jusqu'à sa chambre, la serra fort dans ses bras et lui colla un bisou sur le front.

Samuel l'attendait dans le couloir.

Merci pour tout. Pour le réconfort, pour la valse avec ma grand-mère…

— Merci à toi, tu as illuminé la journée de mes résidents du rez-de-chaussée avec ton disque !

— Au fait, comment se fait-il que les effectifs aient autant augmenté depuis la semaine dernière ?

— Qu'est-ce que tu veux dire ? demanda-t-il en fronçant les sourcils.

— Il y avait beaucoup plus de monde aujourd'hui. Tous des nouveaux arrivés ?

— Je ne sais pas de qui tu parles. Ils ne sont toujours que cinq. Mme Chapuis, Mme Henry, M. Jaumes, Alma et mamie Josette.

Amandine n'osa pas insister, car Samuel semblait sûr de lui. Mais elle était certaine d'avoir vu plusieurs autres personnes âgées valser sur les notes d'Aznavour. Elle tenta une approche différente :

— Alma aussi s'est laissée prendre par la mélodie du grand Charles, tu as remarqué ?

— Oui, j'ai vu ! répondit-il en riant. Même quand madame Henry a déclaré forfait, elle n'a rien lâché et a continué à danser toute seule !

Amandine était déconcertée. Alma n'avait à aucun moment dansé seule. Elle avait invité le monsieur au nœud papillon à tourbillonner à son bras. Soudain, elle fut prise de panique. Elle jeta un coup d'œil à sa montre et salua Samuel en prétextant un rendez-vous important.

Une fois dans sa voiture, les mains sur le volant, elle essaya de régulariser sa respiration et de se détendre, mais trop de questions bouillonnaient dans sa tête. Est-ce qu'elle était en train de devenir folle ? Pourquoi est-ce que Samuel prétendait que les résidents n'avaient pas étoffé leurs rangs ?

La voix d'Alma résonna dans sa mémoire : « Je sais que tu les vois, toi aussi… »

Elle secoua la tête comme pour chasser toutes ces pensées toxiques et démarra.

Arachnophobie

Amandine empoigna deux sacs de courses avec chaque main et claqua la portière de la voiture d'un coup de fesses. Elle n'avait qu'une dizaine de mètres à faire jusqu'à l'entrée de son pavillon, mais déjà les anses lui tailladaient les paumes. Tant pis. Elle résisterait. Depuis que le monde est monde, on préfère perdre l'usage de ses mains plutôt que de faire un voyage de plus avec les sacs de provisions. C'est comme ça. Une sorte de tradition ancestrale.

L'odeur de coriandre, qui désormais était une présence récurrente, vint chatouiller ses narines. Elle posa un instant ses emplettes sur le perron pour introduire sa clef dans la serrure. Elle ouvrit grand la porte et, en se retournant pour récupérer ses commissions, remarqua que l'homme mystérieux et l'enfant en salopette étaient de nouveau derrière la lucarne des Laroque et la fixaient. Se pouvait-il que cet homme fût réellement l'amant de Marianne ? Il venait la voir avec son fils de manière à ce qu'il joue avec ses gosses à elle pendant qu'eux deux batifolaient à leur guise ? C'était plutôt bizarre. Mais ses voisins étaient on ne peut plus bizarres.

Les paumes en feu, elle traina ses sacs jusque dans la cuisine et commença à en extraire le contenu pour le ranger entre placards et réfrigérateur. Elle était en train d'empiler les yaourts à la banane dont elle était friande en une belle pyramide régulière sur l'étagère du haut de son énorme frigo américain quand elle entendit le ronflement d'un moteur, le crac d'un frein à main, le claquement d'une portière, puis le crissement de pas dans les graviers. Telle une apprentie Bernadette Frichon, elle lorgna par la fenêtre, dissimulée derrière les voilages turquoise et jaune de ses rideaux.

Lorsqu'elle vit Sébastien Laroque verrouiller d'un bip à distance sa C5 et se diriger vers l'entrée de sa maison verte, son cœur manqua un rebond. Il rentrait plus tôt que d'habitude, probablement à l'improviste. Il allait surprendre sa femme avec l'homme de la lucarne. Elle fut soudain prise d'un élan de compassion pour Marianne Laroque. Elle avait beau ne pas la connaitre vraiment, les paroles de Bernadette et celles de Farid Elbakri résonnaient dans sa tête : « Elle n'a pas le choix », « Son mari la traite comme un objet ».

Amandine était terrorisée à l'idée de ce que Sébastien Laroque pourrait faire subir à son épouse s'il la trouvait avec un autre. Elle ne supporterait pas d'apprendre qu'un drame avait eu lieu dans la maison voisine et qu'elle n'avait rien tenté pour l'éviter. Peut-être qu'elle regardait trop de journaux télévisés. Peut-être qu'elle exagérait la gravité du moment. Peut-être pas. Alors, dans un élan de solidarité féminine, elle fit ce qu'elle avait toujours fait : dans le doute, elle fonça.

Lâchant ses yaourts à la banane, elle se précipita dehors en criant la première chose qui lui vint à l'esprit :

— Aidez-moi ! Aidez-moi s'il vous plait !

Elle courut vers Sébastien Laroque et s'agrippa à son bras, simulant une crise de panique. Le voisin, surpris, se dégagea, visiblement intolérant au contact physique.

— Qu'est-ce qui vous arrive ?

— Une araignée ! Il y a une énorme araignée dans ma cuisine !

Elle se serait giflée. C'était nul. Complètement stupide. C'était la première chose qui lui avait traversé l'esprit.

— Une araignée dans votre cuisine ? Et qu'est-ce que vous voulez que ça me fasse ?

Le jour où Mère Nature distribuait la sympathie, l'altruisme et l'amour du prochain, Sébastien Laroque devait être en bout de file en train de refaire le monde avec Éric Zemmour, et il n'y en avait pas assez pour tous. Elle insista. Où la portait donc la solidarité féminine !

— Elle est énorme ! Toute velue ! J'ai la phobie des araignées ! Vous pouvez m'aider à m'en débarrasser, s'il vous plait ? implora-t-elle.

— Ben voyons ! Je n'ai pas que ça à faire ! répliqua le voisin, toujours autant serviable.

Comment Marianne avait-elle pu épouser un homme pareil ? Il était à peu près aussi attirant qu'un Mister Freeze à Noël.

— Je vous en supplie, j'ai trop peur pour le faire moi-même ! À moins que vous ne souffriez d'arachnophobie comme moi...

Un éclair de mépris zébra le regard de Sébastien Laroque. Comme Amandine s'y attendait, le monsieur était d'une banalité affligeante. Il suffisait de piquer son orgueil de mâle dominant pour le porter où on voulait.

— Est-ce que j'ai une tête à avoir la trouille des insectes ? Faites voir, elle est où votre bestiole ?

Il la suivit dans la maison jaune et elle le conduisit jusqu'à la cuisine.

Amandine faisait mine de chercher l'araignée depuis dix bonnes minutes quand son voisin commença à s'impatienter.

— Alors ? Elle est où ? Vous l'avez rêvée cette araignée ?

— Je... Elle a dû s'échapper d'elle-même. Je ne la vois plus, répondit la jeune femme, estimant que Marianne avait eu largement le temps de faire fuir son amant.

Sébastien secoua la tête et leva les yeux au plafond, faute de ciel dans la pièce. Il sortit sans un mot et se dirigea vers sa maison verte.

— Merci quand même ! Désolée de vous avoir dérangé pour rien ! hurla Amandine alors qu'il dégainait son smartphone qui avait commencé à sonner.

Elle vit bouger les rideaux de la fenêtre latérale et aperçut furtivement le profil de Marianne qui, apparemment, les avait observés. Elle avait dû comprendre qu'Amandine lui avait sauvé la mise et la remercierait certainement la prochaine fois qu'elles se croiseraient.

Sébastien s'était bloqué sur son paillasson, visiblement très énervé par ce que lui apprenait son interlocuteur.

— Mais enfin, c'est impossible ! Mais qu'est-ce qu'on en a à foutre des fossiles de ptéromachin-truc ! Ils n'ont pas idée du boulot que ça a été, il y a deux ans, de construire cet énorme parking sur deux étages ! Ils font chier ces archéologues !

Amandine observait son voisin qui, furibond, n'avait pas l'air de vouloir laisser la personne au bout du fil en placer une. Il se tut pourtant quelques secondes avant de recommencer à hurler de plus belle.

— Non ! C'est hors de question qu'une autre entreprise s'en occupe ! C'est moi qui l'ai construit ! Si on est vraiment obligés de le détruire, c'est moi qui le ferai !

Amandine referma sa porte en se demandant pourquoi Sébastien Laroque se mettait dans un tel état alors qu'on venait apparemment de lui proposer un chantier. Même s'il s'agissait de démolir un parking qu'il avait lui-même construit, ça restait un travail pour lequel il serait payé ! Elle l'entendit claquer sa porte et hurler quelque chose à sa femme, en proie à une colère noire. Heureusement qu'il n'avait pas, de surcroît, surpris Marianne avec l'homme de la lucarne. Cela n'aurait pas amélioré son humeur !

Comme un soufflé

À 12 h 20, la clef de Xavier tourna dans la serrure et ce simple clic provoqua comme une décharge électrique le long de la colonne vertébrale d'Amandine. Ils ne s'étaient pas encore réconciliés depuis la dispute, deux jours plus tôt. Il avait tenté plusieurs approches, mais elle l'avait ignoré. Elle ne savait plus où elle en était. Ou plutôt si. Elle ne le savait que trop bien. Et c'était ça, le cœur du problème. Elle ne l'aimait plus. Elle ne supportait plus la manière dont il feignait de la couver pour mieux l'enfoncer, pour qu'elle dépende de lui toujours plus. Son ton condescendant, la façon qu'il avait de l'infantiliser, de la surprotéger, tout cela était humiliant et elle en avait sa claque. Elle étouffait. Elle avait besoin d'être prise au sérieux, d'être écoutée, comprise, mise sur un pied d'égalité.

Et puis il y avait Samuel. Elle se devait de le reconnaitre : il l'avait ensorcelée. Elle y pensait en permanence. C'était plus fort qu'elle.

Xavier apparut dans l'encadrement de la porte de la cuisine.

— Mandy, tu ne peux pas continuer à m'ignorer comme ça. Viens, faisons la paix. Si tu ne veux pas aller consulter, ce n'est pas grave. C'est moi qui t'aiderai à surmonter ton traumatisme.

Il fit deux pas vers elle et tenta de l'enlacer en ajoutant :

— Je t'aime, tu sais.

Elle le repoussa d'un geste lent, leva les yeux vers lui et parvint à soutenir son regard pendant quelques secondes. Elle ouvrit la bouche pour lui dire que « son » traumatisme aurait dû être le « leur », qu'elle ne savait plus ce qu'elle faisait avec lui, mais elle se ravisa. Le courage lui manquait. Elle repensa à tous les beaux moments passés avec Xavier. Elle se revit dévaler les escaliers de sa résidence d'étudiants pour le rejoindre sur la Promenade des Anglais. Elle se remémora leur baiser passionné, debout sur les rochers de la chapelle Sant'Ampelio, avec pour fond sonore le ressac des vagues et la *flying ovation* des mouettes. Il lui prit la main et l'attira vers lui. Elle le laissa la serrer contre son torse. L'étreinte dura une poignée de secondes. Puis elle se dégagea, les yeux trempés et le cœur sec.

— Je suis désolée, Xavier. J'ai besoin de temps pour réfléchir. Je ne sais plus où j'en suis.

Il resta planté dans la cuisine, un air incrédule imprimé sur le visage. Elle s'empara de son sac à main, décrocha son caban du porte-manteau et opta pour la fuite.

Elle aurait voulu appeler Samuel, mais réalisa qu'ils n'avaient même pas eu la présence d'esprit d'échanger leurs numéros. Elle aurait pu se rendre à « La Madeleine » en espérant qu'il soit d'après-midi, mais elle n'avait pas la force d'affronter le regard absent de mamie Josette, dans l'état où elle était. Elle téléphona alors à la seule personne, exception faite de Samuel, avec qui elle se sentait assez en confiance pour s'épancher.

— Allô ? Amandine ? Quelle surprise ! Que me vaut ton appel ? Tout va bien ?

Elle perçut une pointe d'inquiétude dans la voix d'Alexandre.

— J'ai connu des jours meilleurs. Genre celui où le dentiste avait arraché mes dents de sagesse et que l'anesthésie n'avait pas vraiment marché.

— Je vois…

— Tu m'avais dit que si j'avais besoin de me confier, je pouvais compter sur toi…

— Bien sûr, ça tient toujours.

— Tu es chez toi ?

— Oui, Hortense est chez le coiffeur et après elle est attendue dans le salon de ma mère pour le thé.

Malgré son humeur maussade, Amandine parvint à plaisanter :

— Merde, alors ! Je n'ai pas été conviée, moi !

— Il y a dû avoir erreur dans les invitations ! Pour te demander pardon au nom de la famille Briand, je te prie de venir le prendre maintenant chez moi, le thé. Orange-cannelle ou citron-gingembre ?

Orange-cannelle. J'arrive.

La chance montra furtivement le bout de son nez et lui fit trouver une place à quelques mètres de l'entrée de son beau-frère. Elle se gara dans l'allée et la vieille dame au tricot, fidèle à son poste, lui sourit. —À peine Amandine eut-elle posé les semelles de ses bottines sur le trottoir, l'odeur nauséabonde de coriandre fraîchement coupée envahit ses poumons.

— Bonjour madame.

La tricoteuse était presque à la fin de son ouvrage et environ un mètre cinquante de couverture patchwork aux teintes vives se déroulait sur le banc. Amandine s'apprêtait à la féliciter pour ce magnifique travail lorsque la voix d'Alexandre lui parvint :

— Amandine ? Tu es déjà arrivée ? Viens, le thé est presque prêt.

Elle se retourna pour saluer son beau-frère qui se tenait sur le perron, un torchon sur l'épaule, en parfait homme de maison. Lorsqu'elle pivota de nouveau sur ses talons pour prendre congé de la vieille dame, celle-ci n'était plus là. Elle avait disparu, emportant avec elle son entêtant parfum de coriandre et sa couverture bariolée. Amandine scruta la rue, mais ne trouva aucune trace de la tricoteuse, à l'exception de deux longues aiguilles métalliques abandonnées sur le banc. Elle s'en saisit et remarqua les initiales gravées sur la boule de chacune des baguettes d'aluminium : S. A.

— Tu pourras les rendre à la vieille femme qui s'installe toujours sur le banc en face de chez toi ? Elle les a oubliées, dit-elle à Alexandre en lui tendant les aiguilles.

Elle se retint de mentionner le fait que la dame au tricot s'était volatilisée à une vitesse qui l'avait laissée plus que perplexe. Xavier la prenait déjà pour une folle, elle n'avait pas l'intention d'insinuer dans l'esprit d'Alexandre des doutes sur son équilibre mental.

— Je ne sais pas de quelle dame tu parles, mais si je la vois je les lui donnerai.

Comment pouvait-il ignorer qu'une vieille femme s'installait régulièrement à quelques mètres de chez lui pour tricoter sa couverture ? Chaque fois qu'elle venait, elle la trouvait au même endroit. Ça ne pouvait guère être une coïncidence !

— Ça ne te dérange pas si on s'assoit dans la cuisine ? J'ai un soufflé dans le four et je dois le surveiller.

— Pas de souci.

Elle prit place sur l'une des chaises en rotin, son thé fumant posé devant elle sur la nappe aux motifs géométriques.

— Qu'est-ce qui se passe ? Des problèmes avec mon frère ? s'enquit Alexandre en versant du lait dans une casserole.

— Je… Je suis un peu paumée.

— Ça arrive. Qu'est-ce qui te tracasse ?

— Je ne suis plus sûre d'être amoureuse.

La phrase était lancée, mais son beau-frère ne parut pas particulièrement décontenancé.

— Ces doutes naissent de soucis entre vous ou bien tu as rencontré quelqu'un d'autre ?

— Les deux, mon général.

— Ça dure depuis longtemps ou c'est récent ?

À l'aide d'une spatule en bois, il amalgamait le beurre fondu et les deux cuillerées de farine qu'il y avait ajoutées.

— Personne n'est au courant, mais il y a cinq ans j'ai fait une fausse-couche.

Il arrêta un instant de remuer son mélange et se retourna vers Amandine, le regard chargé d'une sincère compassion.

— Je suis désolé.

— Merci. Tu vois, le problème est en partie dans la manière dont je l'ai formulé. Pourquoi est-ce qu'une femme dit « J'ai fait une fausse-couche » ? Pourquoi est-ce que je dois considérer que c'est une erreur que j'ai faite, et que j'ai faite seule ? Alors qu'il serait plus correct de dire « Mon conjoint et moi avons subi une fausse-couche ». Car on ne la fait pas, on la subit, et on devrait la subir à deux.

Alexandre ajouta le mélange de beurre et farine au lait frémissant et fouetta énergiquement le tout jusqu'à obtenir l'onctuosité de la béchamel.

— Tu as raison. Encore une injustice de cette société patriarcale. Mais tu t'es sentie seule ? Xavier n'a pas été présent à ce moment-là ?

— Si, il a toujours été là… mais pas comme j'aurais souhaité.

Elle prit quelques secondes pour réfléchir à la manière d'exprimer son ressenti.

— Disons qu'il m'a soutenue comme si j'étais une pauvre conne qui avait raté quelque chose. Comme s'il me pardonnait et voulait m'aider à remonter la pente après ce cuisant échec. Alors que j'aurais préféré qu'on souffre ensemble et que cette pente on l'escalade à deux.

— Je vois… Et ça vous a éloignés lentement…

— Ça m'a éloignée émotionnellement de lui, mais il me donne l'impression de ne pas s'en être rendu compte. Pour lui, notre couple va bien. Celle qui va mal c'est moi, et il est convaincu de faire le maximum pour me soutenir. Il m'a même suggéré de consulter un psy.

— Effectivement, chez un psy il aurait peut-être fallu y aller il y a cinq ans, et ensemble.

— Voilà, c'est ça.

Alexandre saupoudra la béchamel d'une fine pluie de noix de muscade fraîchement rappée et y lança une pincée de sel. Il fit tourner deux fois le moulin à poivre au-dessus de la casserole et remua délicatement le tout.

— Et l'homme que tu as rencontré ? Ça dure depuis combien de temps ?

Amandine sentit ses pommettes s'empourprer et elle porta à ses lèvres la tasse de thé pour se donner une contenance. Puis elle s'arma de courage et leva les yeux vers Alexandre.

— En fait, il ne s'est rien passé.

— Rien passé ? demanda Alexandre en arquant un sourcil.

— Juste un bisou, rien de plus. Mais…

— Mais tu as envie de plus.

— Je crois que oui. Il y a quelque chose qui accroche entre nous. Quelque chose que je n'ai jamais ressenti avec Xavier.

— Est-ce que tu es sûre que ce n'est pas une passade ? Le seul attrait de la nouveauté ?

— C'est plus que ça.

Alexandre jeta un coup d'œil au soufflé qui commençait à prendre une jolie teinte dorée derrière la vitre du four.

— C'est un peu gênant pour moi de te dire ça, car il s'agit de mon frère…

— Mais ?

— Mais je te conseille de ne pas commettre la même erreur que moi. On ne peut pas construire une relation saine sur un mensonge, sur l'illusion du bonheur ou du sentiment amoureux. Ne reste pas coincée entre deux feux, Amandine. Prends une décision claire. Si tu n'aimes plus Xavier, dis-le-lui et sois heureuse.

Elle voyait bien que ce n'était pas facile pour son beau-frère de lui donner ce conseil, mais il était on ne peut plus sincère.

— Merci, Alexandre. Je suis désolée de t'avoir mis mal à l'aise, mais tu es la seule personne à qui j'avais le courage de me confier.

— Parce que tu sais que je serais mal placé pour te juger.

« As it was » envahit de ses notes l'étage de l'appartement d'Alexandre.

— C'est mon portable. Je crois que je l'ai laissé dans ma chambre. Ça t'ennuie de monter le récupérer, s'il te plait ? Je dois sortir le soufflé. C'est la deuxième porte à gauche quand tu arrives en haut des escaliers.

— Bien sûr, j'y vais.

Amandine gravit la dizaine de marches en marbre blanc strié de gris qui conduisaient aux chambres. C'était la première fois qu'elle se rendait à l'étage de l'appartement de son beau-frère. Elle fit quelques pas dans le couloir aux murs vert pastel ornés de photographies en noir et blanc, effet rétro. Elle poussa la deuxième porte, comme il le lui avait indiqué, et resta figée, le souffle coupé, en voyant le lit d'Hortense et Alexandre. Elle n'en croyait pas ses yeux. Lentement, elle s'approcha de la couche, ignorant Harry Styles qui continuait à chanter sur la commode. D'une main tremblante, elle effleura la couverture en laine qui y reposait. Une couverture patchwork aux couleurs vives, aux mailles régulières, mais qui sentait bon le « fait-main ». Comment était-ce possible ? Elle était en tout point identique à celle que tricotait la vieille dame sur le banc. Elle se remémora l'une des premières fois où elle l'avait rencontrée : « Je fais une couverture pour ma fille. Elle vous plait ? »

Amandine n'y comprenait plus rien. Se pouvait-il que cette dame fût la mère d'Hortense ? Alors elle ne serait pas décédée comme sa belle-sœur l'avait fait croire à Alexandre... En même temps, ce ne serait pas son premier mensonge. Mais si elle l'avait vue tricoter cette même couverture quelques minutes plus tôt, juste avant d'entrer chez Alexandre, comment pouvait-elle l'avoir déjà offerte à Hortense ?

Amandine eut l'impression que les murs de la chambre dansaient autour d'elle, tenta de s'agripper à la commode, mais n'en eut pas la force et s'effondra dans un bruit sourd. Harry Styles ne chantait plus.

Lorsqu'elle reprit ses esprits, elle était allongée sur le lit, Alexandre penché au-dessus d'elle.

— Amandine ! Tu m'as fait une de ces peurs ! Tiens, bois un peu, dit-il en lui tendant un verre d'eau.

Elle se redressa en position assise, prenant appui avec les paumes de ses mains sur la couverture patchwork.

— J'ai été prise de vertiges. Alex, il se passe des choses étranges autour de moi ces derniers temps.

— Quel genre de choses ?

— Du genre que je ne peux pas t'expliquer. D'abord parce que je ne comprends pas moi-même. Et aussi parce que je ne veux pas que tu me prennes pour une timbrée.

— « La vie n'est rien sans une juste dose de folie ». C'est une phrase que m'a dite ma belle-sœur préférée un jour.

Amandine sourit malgré tout.

— Elle est douée pour les phrases toutes faites, ta belle-sœur !

— Ça va mieux ?

Elle caressa la couverture en laine, faisant glisser un à un sous ses doigts les carrés colorés. Puis, elle leva le regard vers Alexandre.

— Cette couverture, où l'avez-vous trouvée ?

Alexandre jeta un coup d'œil au lit.

— C'est un cadeau de la mère d'Hortense. C'est elle qui l'a tricotée. Elle la lui a offerte quelques mois avant de mourir. Hortense n'en parle jamais, mais je sais qu'elle y tient beaucoup. C'est un des rares souvenirs qu'elle a d'elle.

— Je vois.

— Tu vois quoi ?

« Je sais que tu les vois toi aussi »

— Comment s'appelait la maman d'Hortense ?

— Solange. Solange Ricoud. Comme je te l'ai dit, je ne l'ai jamais rencontrée, mais j'avais un peu enquêté quand j'avais découvert les mensonges de ma femme sur ses origines.

— Solange Ricoud... répéta Amandine, pensive.

— Ricoud c'était le nom de son mari. Son nom de jeune fille, c'était Artois. Mais pourquoi tu me demandes ça ?

Artois... Solange Artois... S. A.

— Les aiguilles à tricoter, tu te souviendras de les remettre à la dame du banc en face de chez toi ? insista Amandine en se levant.

— Oui. Ça va aller ? Tu tiens sur tes jambes ?

— Ça va. Merci Alexandre. Merci pour tout.

Avant de partir, elle repassa par la cuisine pour récupérer son caban et son sac. Sur le plan de travail, elle aperçut le soufflé de son beau-frère qui était retombé.

Les créoles d'Alma

Lorsqu'elle raccrocha le téléphone après quarante minutes de conversation avec un fournisseur, Amandine sentait sa boîte crânienne prête à exploser. Elle avait dû négocier les prix dont la hausse donnait le vertige des capsules de café long pour le marché américain et d'Europe du Nord. Elle avait dû expliquer à maintes reprises à son interlocuteur que le 70 % robusta, 30 % arabica ne rencontrait pas les goûts des pays dont elle s'occupait. Il lui fallait des mélanges plus doux. Plus légers. Et de la crème. Beaucoup de crème. Plus ils comptaient de millimètres de mousse au-dessus du breuvage, plus les gens étaient contents. C'était un fait.

Elle quitta son bureau à 15 h et prit la direction de la clinique. N'ayant pas le temps de faire un crochet par la maison pour récupérer un vinyle, elle devrait renoncer au moment musical pour cette fois.

Elle pénétra dans la grande salle commune où régnait un joyeux chaos. Une quinzaine de résidents déambulait dans la pièce et une grosse goulée d'effluves de coriandre s'engouffra dans la gorge d'Amandine, à peine eût-elle franchi le seuil.

Elle ne supportait plus cette odeur nauséabonde qu'elle sentait, désormais, pratiquement partout où elle allait.

Se frayant un chemin entre les patients qui faisaient les cent pas et ceux qui se balançaient sur leur chaise, elle rejoignit sa grand-mère, assise à une petite table près de la bibliothèque.

— Coucou mamie ! lança-t-elle, guettant anxieusement la réaction de la vieille dame.

Mamie Josette leva le regard vers elle, ouvrit la bouche comme pour lui répondre, puis la referma sans qu'aucun son n'en soit sorti.

— C'est Amandine, mamie ! exclama la jeune femme, d'une voix qui se voulait joyeuse, peut-être poussée à l'excès.

La grand-mère esquissa un sourire et fit mine de se lever.

— Je dois m'habiller pour l'école. La maitresse nous gronde quand on arrive en retard.

Amandine déglutit, inspira profondément et la saisit délicatement par les épaules pour la faire rasseoir.

— Il n'y a pas école aujourd'hui, tu peux rester tranquille.

Alors mamie Josette sembla soulagée. Elle se réinstalla sur sa chaise et s'appuya au dossier métallique.

— Tu veux un coussin ? Je vais en chercher un dans ta chambre. Elle n'a pas l'air confortable, cette chaise.

La grand-mère hocha la tête en silence. Un sourire absent étirait ses joues fripées et son attention se perdit sur le mur beige au fond de la salle.

Amandine passa près de monsieur Jaumes qui, assis dans un fauteuil à bascule, fixait religieusement madame Chapuis, elle-même concentrée sur l'observation des feuilles d'un plan de yucca ornant un coin de la pièce. Elle n'était qu'à deux mètres de la sortie quand son regard tomba sur Alma. Elle buvait une tisane à petites gorgées, encouragée par une jeune femme brune aux cheveux courts qui lui caressait affectueusement le bras. Il fallut quelques secondes à Amandine pour réaliser qu'elle avait déjà croisé cette personne et se rappeler dans quel contexte. Elle lui lança un dernier coup d'œil en quittant la salle commune, essayant de maintenir une certaine discrétion. Pas de doute. Elle se souvenait parfaitement de cette femme mince et brune, avec sa coupe à la garçonne et son regard noir pétillant qu'elle avait vue à Vintimille, en compagnie d'Alexandre. Il s'agissait d'Estrella !

Elle entra dans la chambre numéro 7 attribuée à mamie Josette, se saisit du coussin rectangulaire aux motifs provençaux qu'elle trouva sur le fauteuil, près de la fenêtre, et s'apprêtait à ressortir quand Samuel et ses fossettes apparurent dans l'encadrement de la porte.

— Alors ? On ne dit pas bonjour ? Tu es passée devant moi en quittant la salle commune et tu avais l'air troublé…

Amandine serra contre sa poitrine le coussin provençal.

— Excuse-moi Samuel, je ne t'avais pas vu.

— Ça va ? Ne me réponds pas « oui, oui », ce n'est pas une question rhétorique.

Elle fit un pas vers lui et lui sourit.

— Je sais. Et je te remercie pour ton intérêt sincère. Je ne vais pas très bien, non. Mais je n'ai pas trop envie d'en parler tant que je n'y vois pas un peu plus clair.

— Comme tu préfères. Si tu changes d'avis, tu peux m'appeler. Quand tu veux. À n'importe quelle heure. OK ?

Et il déchira un morceau du calepin qui dépassait de sa blouse pour y inscrire son numéro de portable. Amandine le remisa soigneusement dans la poche de son jean.

— Merci. Je suis désolée. Ma vie est un peu compliquée en ce moment. Je voudrais que tout soit plus simple. Je voudrais...

— Je le voudrais aussi, coupa-t-il en lui caressant la joue du revers de son index.

— Samuel ?

— Oui ?

— Je peux te demander deux choses ?

— Même trois ou quatre.

— Qui est la jeune femme qui rend visite à Alma ?

— C'est sa fille. Elle s'appelle Estrella. Elle est journaliste. Elle a vingt-huit ans, Alma l'a eue sur le tard.

Amandine tiqua. Elle sentit une vague de jalousie s'élever au grade de tsunami.

— Tu es très informé, dis-moi. Elle t'intéresse ? C'est vrai qu'elle est jolie.

Les irrésistibles fossettes de l'infirmier se creusèrent, incrustées dans un large sourire satisfait.

— On croirait presque que tu es jalouse, ma parole ! la provoqua-t-il.

Amandine sentit ses joues virer au rouge carmin.

— Tu as raison. Je suis mal placée pour me permettre une crise de jalousie.

Il lui prit la main et la porta à ses lèvres. Le baiser qu'il y déposa réveilla l'armée des hormones dans le bas-ventre d'Amandine. Quelques vaillants neurones continuaient à brandir leurs lances sans trop y croire.

— Je sais beaucoup de choses sur la vie des résidents de cette clinique et des personnes qui leur rendent visite. La fille d'Alma est très charmante, mais ce n'est pas mon genre.

— Ah non ?

— Non.

Il l'attira contre lui, lança sur le lit le coussin provençal et enserra sa taille de ses bras puissants. L'armée des hormones exultait, piétinant les cadavres des derniers neurones qui venaient de périr en héros. La bataille avait été rude, mais inégale. Leurs visages n'étaient plus qu'à quelques millimètres lorsque le bipeur dans la blouse de Samuel se mit à sonner sans se soucier de l'instant magique qu'il avait interrompu.

— Désolé, le devoir m'appelle ! s'excusa-t-il.

Les hormones, dont la patience n'était pas la qualité principale, se retirèrent en maugréant et se rassirent dans leur tranchée, déçues que leur moment ne soit pas encore arrivé.

Amandine récupéra le coussin qu'elle porta à mamie Josette. Elle le glissa derrière son dos, mais la vieille dame tenta à nouveau de se lever.

— Je vais être en retard à l'école !

Amandine rejoua pour sa grand-mère la même scène vécue quelques minutes plus tôt. Elle avait désormais l'habitude que le premier clap ne soit pas définitif. C'était étrange la manière dont l'Alzheimer se nourrissait du passé récent, mais laissait presque intacts les souvenirs lointains. Mamie Josette affichait un sourire enfantin. Elle avait sept ou huit ans. Son institutrice l'attendait à l'école.

Une main ridée se posa sur l'épaule d'Amandine.

— Alma ! Votre fille est partie ?

— Ma fille ne vient jamais me voir.

Amandine prit conscience que, si elle avait remarqué qu'Alma était capable de faire des phrases plus construites que ses compagnons de clinique, elle n'en demeurait pas moins une patiente Alzheimer.

— Ah, c'est dommage. Mais je suis sûre qu'elle viendra un de ces jours.

— Oui, peut-être.

Les yeux de la voyante se perdirent dans les étagères de la bibliothèque, puis furent traversés par une sorte d'éclair. Elle regarda autour d'elle.

— Tu les vois aussi, n'est-ce pas ?

Amandine, une main sur l'épaule de mamie Josette, l'autre qui tripotait nerveusement son pendentif fétiche, prit cette fois la peine de répondre.

— Je crois que oui. Mais je ne suis pas sûre de comprendre, Alma.

— Je le savais que tu les voyais ! Tu es comme moi ! Et le parfum ?

Amandine hésita un peu, se demandant si cette conversation avait un sens.

— Il y a cette odeur de coriandre qui me suit partout.

— La coriandre ? Oh, c'est bien la coriandre !

— Alma, qu'est-ce que ça signifie ? Qu'est-ce qui m'arrive ?

La voyante porta ses mains à ses grandes créoles dorées et parut rassurée quand elle sentit le métal froid sous ses doigts.

— Ah, mes boucles ! Je croyais les avoir perdues ! C'est ma fille qui me les a offertes. Mais elle ne vient jamais me voir.

— Alma, expliquez-moi ce que signifie l'odeur de coriandre ? Et ces gens, qui sont-ils ?

Mais l'esprit d'Alma semblait vagabonder ailleurs.

— Elle ne vient jamais me voir.

— Elle viendra un jour, intervint mamie Josette comme si elle avait suivi la conversation.

— Il ne faut pas que je perde mes boucles, je dois faire attention, répéta Alma en s'adressant cette fois-ci directement à mamie Josette.

— C'est bientôt l'heure de l'école, lui répondit cette dernière comme si le lien était évident.

Amandine esquissa un sourire attendri et laissa les deux femmes poursuivre leur absurde échange. Elle s'éclipsa et se fraya un chemin entre la quinzaine de résidents qui peuplaient la salle commune et l'animaient d'un joyeux brouhaha.

Elle commençait à avoir une vague idée de ce qui lui arrivait même si cela lui semblait trop dingue pour être vrai.

Samuel apparut dans le couloir alors qu'elle s'apprêtait à sortir.

— Alors ? On ne dit pas au revoir non plus ?

— Je pensais que tu étais occupé. Je ne voulais pas déranger.

— Désolé pour tout à l'heure. Quand ça sonne, je ne peux pas perdre de temps, s'excusa-t-il en indiquant son bipeur.

— Pas de souci, même si… il a mal choisi son moment ton bipeur !

— À qui le dis-tu ! Au fait, dans la chambre, tu m'as annoncé que tu avais deux questions à me poser. La première concernait la fille d'Alma, mais j'attends toujours la deuxième.

Amandine hésita un peu.

— OK, je te poserai une question que tu trouveras bizarre. Mais je ne te la pose que si tu me promets de ne pas me demander d'expliquer.

— Je suis curieux. Vas-y.

— Promis ? Tu ne me demanderas pas d'explications ?

Samuel leva les yeux au ciel.

— Promis.

Elle le prit par le bras et fit demi-tour pour l'entrainer devant la salle commune. Elle se plaça dans l'encadrement de la porte, Samuel à ses côtés, et se mit à compter en silence. Elle voyait exactement seize résidents, mamie Josette comprise.

— Combien de personnes y a-t-il dans cette pièce ?

Samuel arqua un sourcil et ouvrit la bouche pour lui faire part de sa surprise face à une question aussi stupide, mais Amandine posa un index sur ses lèvres.

— Tu as promis.

Résigné, il se retourna vers la salle commune et recompta ses effectifs.

— Cinq personnes. Ta grand-mère, monsieur Jaumes, madame Chapuis, madame Henry et Alma.

— Merci.

Amandine déposa un bisou sur la joue de l'infirmier et tourna les talons. Arrivée au bout du couloir, elle lui lança :

— Je t'expliquerai. Je te promets que je le ferai. Mais pas maintenant.

— Tu as mon numéro, répondit-il plutôt déconcerté.

Tu me dois tout !

Amandine actionna le kit mains libres pour téléphoner en conduisant. Elle roulait sur la moyenne corniche quand, au bout de seulement deux sonneries, Alexandre décrocha.

— Amandine ?

— Je te dérange ? Tu es seul ? Tu peux parler ?

— Oui, je viens de sortir du tribunal. Qu'est-ce qui se passe ?

— J'ai vu Estrella à la clinique. Sa mère est placée dans la même structure pour patients Alzheimer que ma grand-mère. Tu le savais ?

Il y eut un moment de flottement.

— J'étais au courant que sa mère était hospitalisée, mais j'ignorais où et pour quoi. Elle évite le sujet, ça lui fait trop mal. Je comprends maintenant la raison.

— Ne lui en tiens pas rigueur. C'est très dur pour les proches, crois-moi.

— J'imagine. Tu lui as parlé ?

— Non. Moi, je l'ai reconnue, mais elle ne sait pas qui je suis.

— Je lui ai parlé de toi, du fait que tu es au courant, que tu nous as vus à Vintimille.

— Et qu'est-ce qu'elle a dit ?

Amandine s'engagea sous un tunnel en priant pour que la ligne tienne le coup. Heureusement, la voix d'Alexandre lui parvint encore.

— Je crois qu'au fond elle espère que tu iras cafter à Hortense. Elle a déjà fait preuve de beaucoup de patience, j'en suis conscient.

— Ce n'est pas mon intention. Ça ne me regarde pas.

— Je sais.

— Qu'est-ce que tu connais, exactement, de sa mère ?

— Je ne l'ai jamais rencontrée. Je sais que c'est un personnage un peu spécial qui lisait l'avenir dans les fonds de café et parlait avec l'au-delà avant ses problèmes de santé. Pourquoi ? Il y a un souci entre elle et ta grand-mère ?

— Non, pas du tout. Je… C'est assez compliqué. J'aurais besoin que tu me donnes le numéro d'Estrella, s'il te plait.

Après quelques secondes de silence, Amandine pensa que la communication avait été coupée et s'apprêtait à rappeler, mais elle entendit son beau-frère soupirer.

— Alexandre, tu es toujours là ?

— Oui. Je… Pourquoi est-ce que tu veux son numéro ?

— J'ai des questions à lui poser à propos de ce que je… à propos du don de sa mère.

— Du don de voyance ?

— Oui. Je crois que… enfin… je vois des choses aussi et j'aimerais en savoir plus. Je te promets que je n'aborderai pas le sujet de vos histoires de couple. Je te répète que ça ne me regarde pas et que je n'ai aucune intention de m'en mêler.

— D'accord. Je te l'envoie par WhatsApp.

— Merci.

— Comment ça se passe avec Xavier ? Et avec l'homme qui te fait tourner la tête ?

— Avec Xavier, c'est compliqué. Et ma tête tourne toujours.

— Sois plus courageuse que moi, Amandine. Prends une décision et arrête de te torturer. Pense à toi.

— Je vais commencer à penser à moi. Tu as raison. Merci, Alexandre. N'oublie pas le numéro.

Le soleil couchant conférait aux façades colorées des reflets pastel. Elle se garait devant la maison jaune, à côté de la voiture de Xavier, quand un bip lui annonça que les coordonnées d'Estrella étaient arrivées. Elle devrait, cependant, patienter jusqu'au lendemain pour l'appeler, car elle voulait être seule pour le faire.

En pénétrant dans le séjour, elle fut surprise par le silence qui régnait dans le pavillon. Elle chercha à tâtons l'interrupteur, alluma la pièce et sursauta en découvrant Xavier assis sur le divan.

— Qu'est-ce que tu faisais dans la pénombre ?

Il lui adressa un regard qui la glaça sur place. Un regard qu'elle ne lui avait jamais vu. Pouvait-il être au courant de l'attraction qu'elle éprouvait pour Samuel ? C'était impossible. La seule personne à qui elle s'était confiée était Alexandre et elle savait bien qu'il ne l'aurait pas trahie.

— J'ai croisé Marianne Laroque, annonça-t-il d'un ton grave.

Amandine ne voyait pas le rapport.

— Ah oui ? Et alors ?

— Qu'est-ce que tu attendais pour me dire que tu avais quelqu'un d'autre ? Ça t'amuse de me faire endosser le rôle du cocu du lotissement ?

Le cerveau de la jeune femme moulinait au maximum de ses capacités, mais elle ne comprenait pas où il voulait en venir. S'il était au courant pour Samuel, qu'est-ce que Marianne Laroque et le lotissement venaient faire là-dedans ?

— Xavier, je ne sais pas de quoi tu parles.

— Ah non ?! hurla-t-il.

Ses yeux semblaient sur le point d'être propulsés hors des orbites et une veine apparente pulsait dans son cou. Elle ne l'avait jamais vu dans cet état. Lui qui était toujours si calme et posé — ce qui avait souvent le don d'exaspérer Amandine — expérimentait, peut-être pour la première fois de sa vie, la montée d'adrénaline de la colère noire. Elle préféra le laisser parler pour ne pas risquer d'envenimer davantage les choses.

— Qu'est-ce que tu lui trouves au voisin ? Hein ? Ça t'excite qu'il te saute dans la cuisine pendant que je suis au travail et que sa femme l'attend dans la maison d'à côté ?!

Il s'était levé d'un bond et fit quelques pas vers elle. Instinctivement, Amandine recula vers la porte.

— Mais enfin, Xavier, qu'est-ce que tu racontes ? Le voisin ? Mais tu es sérieux ? Sébastien Laroque ?

Elle ne put réprimer une moue de dégout à cette idée. Comment Xavier avait-il pu s'imaginer qu'elle le trompait avec cet homme répugnant ?

— Ça ne sert à rien de nier. La voisine m'a dit qu'elle l'a vu entrer chez nous hier matin et qu'il est resté dix ou quinze minutes avec toi avant de rentrer la rejoindre. Dix minutes ? Hein ? Tu aurais pu trouver plus endurant ! railla-t-il.

Un rictus haineux déformait les traits de son visage. Amandine ne reconnaissait pas l'homme avec lequel elle vivait. Il fit encore deux pas dans sa direction et les jambes de la jeune femme commencèrent à trembler. Elle ne savait pas de quoi était capable cet homme qu'elle aurait pourtant juré connaitre par cœur quelques minutes plus tôt. Jamais en treize ans il n'avait levé la main sur elle. Sa violence était plus sournoise, psychologique et donc indécelable par leur entourage. Mais ce soir-là, Xavier avait une lueur étrange dans le regard qui terrorisait Amandine.

— Xavier, ce n'est pas du tout ce que tu crois. J'ai fait entrer Sébastien Laroque pour laisser le temps à l'amant de Marianne de s'enfuir, bafouilla-t-elle en montant dans les aigus.

— Marianne m'a dit que tu avais prétexté être effrayée par une araignée pour l'attirer ici...

— Oui, c'est vrai, j'ai inventé ça pour...

— Amandine, tu n'as jamais eu peur des araignées ! hurla-t-il.

Il était, à présent, à quelques dizaines de centimètres d'elle et une peur incontrôlée la gagna. Comprenant qu'il était inutile de continuer à se justifier, que Xavier n'écoutait pas ses explications, elle saisit la poignée de la porte derrière son dos sans se retourner, fit un pas de côté pour l'ouvrir et s'enfuit en courant. Xavier essaya de la rattraper et la suivit dehors. Lorsqu'elle sauta dans sa voiture, elle l'entendit hurler :

— Comment tu as pu me faire ça ?! Salope ! J'avais tout fait pour toi ! Tu n'étais qu'une étudiante paumée quand tu m'as rencontré ! Tu me dois tout ! Mes parents avaient raison sur ton compte ! Ils avaient raison depuis le début !

Elle tenta de dompter ses membres secoués de soubresauts et réussit à démarrer. Ses pneus crissèrent sur le gravier. Elle alluma ses phares qui éblouirent le monstre qu'était devenu Xavier. Il parvint à asséner un violent coup de poing au capot, se protégeant les yeux de l'autre main. Encore sous le choc, tremblante comme un chihuahua sur des skis, elle quitta le lotissement et se mit à rouler au hasard des rues de Menton. Xavier venait de révéler sa vraie nature, ce qu'elle avait certainement toujours soupçonné, mais jamais voulu admettre. Cette fois, c'était terminé. Des torrents de larmes dévalaient ses joues jusque dans son cou où des mèches auburn allaient se coller. Elle fit la première chose que lui dictait son cœur dans ce moment de détresse. Une main sur le volant, elle fouilla de l'autre la poche de son jean et en extirpa le billet où Samuel avait noté son numéro de portable. Elle le composa en essayant de tenir la route sans zigzaguer et actionna le kit mains libres. Trois longues sonneries semblèrent durer une éternité. Puis il décrocha et elle entendit de la musique reggaeton en fond, et des rires autour de lui.

— Allô ?

— Samuel ? hésita-t-elle. Je te dérange ?

— Amandine ! Bien sûr que non ! Tu ne me dérangeras jamais ! Tu as une drôle de voix. Tu pleures ? Qu'est-ce qui se passe ?

Elle remarqua que le volume de la musique baissait, comme s'il venait de s'isoler pour lui parler. Il avait l'air sincèrement inquiet pour elle et Amandine en fut émue.

— Je… Ça ne va pas du tout. J'avais besoin de te voir, mais j'entends que tu n'es pas seul. Je ne veux pas t'embêter…

— Amandine, tu ne m'embêtes pas. Je suis à une fête chez des amis, mais ce n'est pas un problème. Dis-moi où tu te trouves et je viens te chercher.

— Non, non, reste où tu es. Si tu me donnes l'adresse, je pourrais peut-être te rejoindre… Enfin, si tes amis sont d'accord.

— Mes amis sont forcément d'accord. C'est le principe des amis. Mais tu es sûre d'être en état de conduire ?

— Oui, ça va. File-moi les coordonnées.

— Je t'envoie la position à ce numéro, OK ?

Negroni Sbagliato

Le GPS lui indiqua qu'elle était arrivée. Elle repéra l'Audi de Samuel et se gara derrière. Un regard dans le rétroviseur intérieur lui fit caresser l'idée de laisser tomber et de se trouver un hôtel. Les yeux striés de vaisseaux rouges, des trainées noires de mascara jusqu'à la base du cou, les cheveux encore humides de larmes collés aux joues cramoisies. Elle semblait prête pour Halloween. Elle sortit de son sac à main la petite trousse à maquillage en satin doré qui ne la quittait jamais, et se lança dans un ravalement de façade sans précédent. Au bout de dix bonnes minutes, elle avait retrouvé un aspect à peu près normal et sonna au numéro 15. Le bâtiment devait être composé de cinq ou six appartements, mais les amis de Samuel étaient au rez-de-chaussée. Une jeune femme blonde dont les jambes étaient longues pratiquement comme une Amandine entière lui ouvrit la porte, tout sourire.

— Salut ! Tu dois être Amandine ! Viens, entre, Samuel nous a parlé de toi !

— Bonsoir, répondit-elle un peu gênée de s'incruster comme ça à une fête chez de parfaits inconnus.

— Moi, c'est Cathy, enchantée ! ajouta la bouche de la blonde, là-haut, en altitude au-dessus de ses jambes.

Et elle l'entraina dans le salon.

— Fais comme chez toi ! hurla-t-elle pour couvrir le son de la musique en lui indiquant une table où s'entassaient des montagnes d'amuse-gueules et des boissons en tous genres. Il régnait un chaleureux désordre dans la pièce. Une dizaine de personnes ricanait, dansait, chahutait allègrement. Elle repéra Samuel au fond du séjour et ses jambes faillirent la lâcher quand elle se rendit compte qu'une jeune femme d'une beauté rare l'enlaçait, debout derrière lui, en lui faisant des chatouilles.

— Arrête ! s'exclama-t-il en riant aux éclats.

Puis il s'aperçut de la présence d'Amandine qui le fixait, dégoutée. Il lut dans son regard ce qu'elle pensait à ce moment précis et s'esclaffa de plus belle.

— Amandine, viens ! Je te présente mes amis !

Mais Amandine ne bougea pas d'un millimètre, attendant des explications sur la scène à laquelle elle avait assisté.

— Approche, insista-t-il en la prenant par la main.

Elle se demandait comment il faisait pour conserver un tel aplomb alors qu'elle venait de le surprendre à fricoter avec une bombasse. Des yeux noisette, une silhouette parfaite, des cascades de boucles d'un noir de jais. Sa rivale était simplement sublime. Amandine était au comble du désespoir, mais Samuel feignit de ne pas s'en rendre compte et commença les présentations.

— Eux, sur la piste de danse, c'est Maya, Clarisse, Guillaume et Lucas. On a fait nos études d'infirmiers ensemble.

Les quatre jeunes adressèrent un signe de la main à Amandine sans cesser pour autant de se tortiller sur la « piste de danse » qui n'était en réalité que le petit espace entre le canapé et la porte-fenêtre donnant sur le balcon.

— David et Lorenzo sont des amis d'enfance. On se connait depuis la maternelle.

Les deux trentenaires, un verre dans une main, un toast à la tapenade dans l'autre, singèrent une révérence pour saluer Amandine.

— Elles, là-bas au fond, ce sont leurs copines du moment : Iris et Sonia, ajouta-t-il en indiquant deux greluches titubantes qui s'alternaient au goulot d'une bouteille de gin.

— Lui, c'est Marc, mon voisin de palier depuis maintenant trois ans, et sa femme Cathy, la propriétaire de cet appartement. Oui, ils sont bizarres : ils sont mariés, mais ne vivent pas ensemble. C'est un choix.

Marc s'approcha pour serrer la main à Amandine. Cathy n'était autre que la paire de jambes qui lui avait ouvert la porte un peu plus tôt.

Samuel continua la tournée des présentations.

— Matteo et Francesca, mes cousins.

Ils adressèrent un clin d'œil amical à Amandine.

Puis, Samuel s'arrêta devant la beauté méditerranéenne dont les mains baladeuses le chatouillaient quand Amandine était arrivée.

— Elle, c'est Laura…

Les pupilles d'Amandine, comme devant un match de tennis, passaient de Samuel à Laura et de Laura à Samuel. Ce dernier affichait un sourire mutin dont elle se demandait bien la raison.

—… ma sœur.

Samuel et Laura éclatèrent de rire devant les yeux ronds d'Amandine qui sentit ses joues s'empourprer violemment. Quelle conne ! Elle s'était fait tout un film. Pourtant, à bien y regarder, la ressemblance entre Samuel et Laura était plutôt frappante, la même beauté insolente.

— C'est… C'est ta frangine ? balbutia-t-elle.

— Oui.

— Et il t'a fallu quinze minutes pour me le dire ?!

— J'avoue : ça m'amusait de voir ta tête, admit-il feignant un air plein de repentir.

— Tu t'es bien foutu de moi !

Elle lui asséna une tape sur le bras et se mit finalement à rire aussi.

— Ne t'inquiète pas, intervint Laura. Même si ce n'était pas mon frère, je n'en voudrais pas ! Moi, j'aime les blonds au regard bleu ! Cela dit, c'est un mec bien mon frangin, hein !

Elle lui adressa un clin d'œil complice, s'approcha et lui chuchota à l'oreille :

— Et il est dingue de toi.

Puis, elle leur faussa compagnie pour rejoindre Maya et Clarisse qui se déhanchaient toujours devant la porte-fenêtre.

Samuel prit la main d'Amandine et l'attira vers lui.

— Je suis content que tu sois là. C'est quand même la deuxième crise de jalousie que tu me fais en peu de temps alors qu'on n'est même pas ensemble… Je peux en déduire que je t'intéresse ?

Amandine était hypnotisée par les irrésistibles fossettes qui accompagnaient le sourire du bel infirmier.

— Amandine ? Ça va ?

— Oui, excuse-moi. Je suis un peu à l'Ouest ce soir. Tu le sais très bien que tu m'intéresses.

— Qu'est-ce que tu veux boire ?

— La même chose que toi.

Il saisit deux verres, y jeta quelques glaçons, versa un tiers de *Spumante*, un de Vermouth et un de Campari et remua le tout.

— *Negroni Sbagliato* ! Annonça-t-il en lui tendant son cocktail. Puis, il la prit par le bras et la fit asseoir sur le divan.

— Maintenant, raconte-moi ce qui ne va pas.

Elle avala quelques gorgées du breuvage et sentit une vague de chaleur envahir son corps.

— Xavier a tenté de m'agresser... Enfin, je crois, je ne sais plus. Il était hors de lui, je ne l'avais jamais vu comme ça.

— Qu'est-ce qu'il t'a fait, cet enfoiré ? s'emporta Samuel inquiet.

— Rien. Il n'a rien pu faire, je me suis enfuie. Je... Je me suis enfuie et je t'ai appelé.

Elle se mit à sangloter et il l'enveloppa de ses bras. Il lui caressait les cheveux d'un geste à la fois tendre et protecteur, comme la fois où il l'avait consolée à la clinique. Elle se dégagea en reniflant. Il lui tendit un mouchoir.

— Ça va aller maintenant. Tu es en sécurité ici.

Elle sourit et vida d'un trait ce qui lui restait du *Negroni Sbagliato*.

— C'est possible d'en avoir un autre ?

— Tu as une sacrée descente ! la taquina-t-il, indiquant que lui n'était qu'à la moitié de son cocktail.

Il la resservit et interrogea :

— À la clinique, tu m'as posé une question bizarre et tu m'as dit que tu m'expliquerais. Pourquoi tu m'as demandé combien de résidents il y avait dans la salle ?

Amandine fit couler dans sa gorge quelques goulées d'alcool pour trouver le courage nécessaire à ce genre de confessions.

— Je... Tu vas me prendre pour une dingue.

— Je t'écoute, Amandine, laisse-moi en juger.

— Je dois parler avec la fille d'Alma pour avoir confirmation, mais...

— Mais ?

Encore une gorgée. Elle sentit la pièce tanguer autour d'elle, peu habituée aux boissons corsées.

— Je vois des gens. Des gens que les autres ne voient pas, à part Alma.

Samuel posa son verre sur la table basse et releva de l'index le menton d'Amandine pour la regarder droit dans les yeux.

— Tu veux dire que tu vois des fantômes ?

— Pas des fantômes comme dans les dessins animés, qui fluctuent dans l'air, recouverts d'un drap blanc, hein ! Des gens qui semblent vivants comme toi et moi. Sauf qu'ils sont invisibles aux autres. Dans la salle commune, je voyais seize personnes. Tu n'en comptais que cinq.

Elle allait porter son verre à ses lèvres, plus pour se donner une contenance que par soif, mais Samuel arrêta son geste.

— Tu as assez bu, tu ne crois pas ?

Elle dégagea son bras et termina le cocktail cul sec.

— Je fais ce que je veux !

— Bien sûr que tu fais ce que tu veux, c'était un conseil. Je ne suis pas ce Xavier qui te gâche la vie, tu sais…

Elle lui adressa un regard embué de larmes.

— Je sais. Excuse-moi.

— Tout va bien. Ne t'inquiète pas.

— Tu me prends pour une folle ?

— Pas du tout. Ça m'intrigue ce que tu me racontes. Je t'apporte quelque chose à manger pour... diluer l'alcool ?

— Non, ça va aller. Mais je suis un peu fatiguée.

— Tu veux que je te raccompagne chez toi ?

— NON !

Elle se rendit compte qu'elle avait hurlé ce refus.

— Pardon. Je veux dire : non. Je ne peux pas rentrer, il y a Xavier à la maison. Je vais chercher un hôtel.

— Un hôtel ? Amandine, tu permets que je t'emmène chez moi ? Je te promets que je serai sage... plaisanta-t-il.

Elle lui lança un regard qu'elle voulait provocateur, mais qui était surtout imprégné d'alcool et posa une main sur sa cuisse.

— Je ne t'ai pas demandé d'être sage, déclara-t-elle en faisant remonter ses doigts le long du jean de Samuel.

Ce dernier se leva, gêné.

— Viens, on y va.

Il dut l'aider à se mettre debout, après avoir assisté à l'échec de sa première tentative. Il la saisit par la taille pour la soutenir jusqu'à la porte et ils souhaitèrent bonne nuit à l'assemblée avant de quitter l'appartement.

L'air froid leur mordit le visage, mais ne suffit pas à faire recouvrer à Amandine la totalité de ses capacités cognitives. Titubante, elle s'approcha de sa voiture et entreprit de chercher ses clefs dans le bazar de son sac à main. Samuel la prit par le bras et la guida vers son Audi.

— Amandine, je me fous que tu t'énerves parce que tu penses que je veux te donner des ordres, mais sache qu'il est hors de question que je te laisse conduire dans cet état.

— Quel état ? Je ne me suis jamais sentie aussi bien ! s'exclama-t-elle un peu trop fort dans le silence du quartier résidentiel mentonnais.

— Tu me fais confiance ? demanda-t-il en lui tendant la main.

Elle s'agrippa à cette main sans répondre. Elle s'approcha, se colla au corps musclé de Samuel, passa les bras autour de son cou et l'embrassa goulument. D'instinct, il lui rendit son baiser, pris par la passion du moment. Puis il remarqua qu'Amandine tanguait encore dangereusement sur ses jambes. Il lui enserra la taille pour la soutenir et éloigna ses lèvres de celles de la jeune femme.

— Quoi ? Je ne te plais plus ? Se vexa-t-elle.

— Amandine, tu as trop bu. Viens. C'est l'heure du dodo.

Il lui ouvrit la portière côté passager et la fit asseoir.

— Mais, ma voiture ?

— On la récupérera demain.

Il démarra et demanda :

— Ça va aller ?

— Bien sûr que ça va !

Elle glissa ses mains sous sa chemise, parcourant de ses doigts les abdominaux sculptés puis les pectoraux saillants. Elle la déboutonna et l'ouvrit sur son torse glabre et puissant.

— Amandine, qu'est-ce que tu fais ? Arrête, je suis au volant ! Je connais le chemin, mais je dois quand même me concentrer un minimum ! s'amusa-t-il.

— Regarde la route, je m'occupe du reste ! l'exhorta la jeune femme.

Elle entreprit de défaire la boucle de la ceinture du jean de Samuel qui, cette fois, la stoppa net en posant une main sur la sienne.

— Amandine, non. On va vraiment avoir un accident là !

Moins de cinq minutes plus tard, ils pénétraient dans le trois pièces mansardé de l'infirmier, non sans avoir silencieusement remercié l'inventeur de l'ascenseur. Sans lui, ils ne seraient certainement jamais parvenus jusqu'au cinquième étage avec Amandine qui tenait à peine debout.

— La salle de bain est ici, si tu veux te rafraîchir. Tu peux prendre mon lit, je m'installerai sur le canapé.

Amandine ouvrit deux billes étonnées.

— Comment ça, sur le canapé ?! Mais non !

Elle lui sauta au cou et se serra contre lui. Au contact du torse de Samuel que dévoilait sa chemise encore à moitié ouverte, le bout des seins d'Amandine se fit de marbre à travers son pull.

— Amandine, non ! protesta-t-il.

— Si, murmura-t-elle en défaisant la boucle de sa ceinture.

Elle glissa une main dans son jean et leva vers lui un regard malicieux.

— Pourquoi tu continues à dire non alors que ton corps dit oui ?

Il retira la main d'Amandine de son entre-jambes et se décolla d'elle.

— Pas comme ça, Amandine. Pas ce soir. Tu es complètement ivre.

Il lui prépara le lit, fit un tour rapide dans la salle de bain, et s'installa sur le divan après lui avoir souhaité bonne nuit.

Amandine, déçue, enfouit la tête dans le gros oreiller, remonta l'édredon jusqu'au menton et s'endormit dans les vapeurs de cocktail dont elle était imprégnée.

Le Don

Lorsqu'elle ouvrit les yeux, un marteau-piqueur faisait des travaux dans sa tête. Le petit radio-réveil sur la table de nuit indiquait 6 h 30. Elle se redressa, tentant de maintenir en équilibre sur son cou sa caboche qui pesait une tonne. Dans l'appartement, pas un bruit. Elle s'était couchée tout habillée et n'eut qu'à enfiler ses chaussures. Sa boîte crânienne faillit exploser quand elle se baissa pour tirer vers le haut les fermetures éclair de ses bottines de cuir.

Tout doucement, en essayant de ne pas faire claquer ses talons sur le parquet, elle quitta la chambre et passa près du divan ou Samuel dormait à poings fermés. Il était beau. Certainement trop pour elle. Amandine avait de vagues souvenirs de la soirée de la veille. Elle avait pratiquement tenté de le violer, lui avait sauté dessus sauvagement. Il l'avait repoussée.

Honteuse, elle sortit de l'appartement sur la pointe de ses bottines et referma la porte délicatement. Elle s'était ridiculisée. Il ne voulait pas d'elle. Apparemment, elle s'était fait des films depuis des semaines en pensant lui plaire. Mais non. Il avait refusé ses avances.

Une fois dans la rue, elle chercha le numéro d'un taxi en priant pour que les dernières lignes de batterie de son portable suffisent. L'air glacé de l'aube hivernale lui faisait lentement recouvrer ses esprits. Elle ne pourrait plus jamais affronter le regard du bel infirmier et se demandait comment elle ferait pour l'éviter. Devrait-elle transférer mamie Josette dans une autre clinique ?

Le taxi arriva et elle indiqua au chauffeur l'adresse de l'appartement de l'amie de Samuel près duquel elle avait abandonné sa voiture la veille. Le conducteur dut remarquer sa mine déconfite et eut la gentillesse de baisser le volume de l'autoradio. Sans un mot, il la déposa devant son véhicule. Elle le régla et esquissa une ébauche de sourire, le remerciant pour sa discrétion.

Elle roula doucement, consciente du fait que son mal de crâne ralentissait ses réflexes. Elle prit la direction du bord de mer et chercha une place de parking. Elle s'installa sur un banc pour patienter, ne voulant pas rentrer chez elle avant le départ de Xavier.

L'air marin envahit ses poumons, purifiant son corps des vapeurs d'alcool qui y flottaient encore. La confusion dans son esprit était telle qu'elle n'arrivait plus à raisonner. Sa vie était un désastre. Elle était résolue à se séparer de Xavier, mais ne se remettait pas du refus de Samuel et de la piètre opinion qu'il devait avoir d'elle après la scène de la veille.

Et puis il y avait ces visions…

À 8 h, elle décréta qu'elle avait assez attendu. Elle remonta en voiture et prit la direction du lotissement arc-en-ciel. Elle s'assura que le véhicule de Xavier n'était plus là et se gara près de la maison jaune.

Sur la table de la cuisine, les restes du dîner de la veille. Xavier n'avait même pas pris la peine de débarrasser. Il ne savait probablement pas ouvrir le lave-vaisselle. Elle sortit d'un tiroir le manuel d'instructions de ce dernier et le plaça sur la toile cirée, à côté de l'assiette souillée de sauce tomate. Comprendrait-il le message pas vraiment subliminal ?

Elle se servit un verre d'eau plate et avala un doliprane dans l'espoir qu'il fasse cesser le marteau-piqueur qui sévissait sous son crâne.

Elle mit en charge son portable qui avait fini par s'éteindre, plongea sous la douche et fit mousser son gel régénérant aux actifs marins et huile essentielle de géranium. Puis, elle ressortit de la salle de bain toute neuve, enfila des collants et une robe en laine couleur rouille. Elle jeta dans une valise quelques affaires, décidée à squatter à l'hôtel le temps de se trouver un studio. Un message audio vint faire vibrer son smartphone alors qu'elle fourrait en vrac des sous-vêtements dans la malle. C'était Alexandre.

« Amandine, je ne sais pas exactement ce qui se passe avec Xavier. Je l'ai eu au téléphone ce matin tôt et il n'avait pas l'air bien, mais a refusé de me donner plus de détails. J'ai fait comme si je n'étais au courant de rien, bien entendu. Je voulais juste te dire que j'ai parlé à Estrella et je lui ai expliqué que tu m'avais demandé son numéro. Elle m'a dit que tu devrais l'appeler au plus tôt, car si tu as LE DON tu ne dois pas l'ignorer. Voilà. Tiens-moi au jus. Bonne journée ! »

Amandine hésita quelques minutes. Si elle téléphonait à Estrella, elle risquait de lui confirmer ce qu'elle craignait depuis plusieurs jours, depuis qu'elle avait compris qu'elle voyait des gens que les autres ne voyaient pas. Terrorisée, elle avait tenté d'ignorer la chose. Mais elle se rendait bien compte qu'elle ne pourrait pas enfouir sa tête dans le sable éternellement. Il fallait qu'elle affronte le sujet, qu'elle essaye de comprendre un peu mieux. Elle prit une profonde inspiration, s'assit en tailleur sur le divan et composa le numéro d'Estrella.

— Allô ?

— Bonjour, c'est Amandine. Alexandre m'a donné vos coordonnées... J'espère que je ne vous dérange pas...

— Bonjour Amandine ! Tu ne me déranges pas à condition qu'on se tutoie ! J'attendais ton appel.

— Bien sûr ! Je... J'aurais des questions à te poser, mais je ne sais pas trop par où commencer.

— J'imagine. Ça doit faire un choc de découvrir LE DON. Moi, je ne l'ai jamais eu, mais ma mère s'est aperçue qu'elle le possédait quand elle avait trente-cinq ans.

— Vraiment ? Alors c'est normal que ça se présente comme ça ? À l'improviste ? À l'âge adulte ?

— Apparemment, oui. Qu'est-ce que tu vois ?

— Je vois des personnes. Et je me suis rendu compte que j'étais la seule à percevoir leur présence, à part ta maman.

— OK.

— Comment ça fonctionne ? Qu'est-ce que je dois faire ? Comment je peux savoir si les gens que je vois sont réels ?

_ Ma mère flaire une forte odeur de lavande quand les défunts lui apparaissent. Mais le parfum peut varier d'une personne à l'autre. Tu sens quelque chose en particulier depuis que tu as ces visions ?

Amandine marqua un temps d'arrêt.

— Oui. La coriandre. Tu veux dire que quand je sens la coriandre ça signifie que ce que je vois n'est pas réel ?

— Bien sûr que c'est réel ! Ces gens existent. C'est juste qu'ils ne sont plus vivants.

— Excuse-moi, mais c'est quand même difficile à digérer comme information ! Pourquoi je les vois ? Pourquoi moi ?

— Une question à la fois. Ces personnes apparaissent, car elles ont quelque chose à régler avant de trouver la paix dans l'au-delà. Un message à faire passer à un proche, une révélation à faire. Elles te demandent ton aide. Pourquoi toi ? Ça, je ne sais pas. Ma mère m'a dit une fois que ça sautait une génération. Que sa grand-mère maternelle avait LE DON et que si un jour j'ai une fille elle l'aura sûrement aussi.

— Je n'ai pas connu ma grand-mère maternelle et ma mère est morte quand j'avais cinq ans.

— Je suis désolée. Tu n'as aucun objet transmis par tes aïeux qui pourrait être un indice ?

Amandine fit glisser entre ses doigts le petit pendentif qui ne la quittait jamais. L'inscription au dos prenait tout son sens aujourd'hui.

« Le passage ne se fait qu'avec le cœur léger »

Elle fit part à Estrella de ce qu'elle avait compris à l'instant.

— Oui ! Ça colle si ce pendentif vient de ta grand-mère maternelle. Elle avait certainement LE DON. Elle aidait les âmes tourmentées à passer de l'autre côté. Et tu es appelée à le faire aussi.

Tout en conversant avec Estrella, Amandine s'était mise à arpenter nerveusement la pièce. Tout à coup, le parfum de coriandre lui parvint et elle réprima un frisson. Elle était seule dans le séjour.

— Estrella ! Je sens la coriandre, là, maintenant. Mais je ne vois personne. Qu'est-ce qui se passe ?

— Observe bien autour de toi, il y a forcément quelqu'un.

Elle se retourna dans tous les sens et son regard s'arrêta sur la fenêtre. À la lucarne de la maison verte, l'homme mystérieux et son petit garçon lui faisaient signe.

Elle s'agrippa au radiateur pour garder l'équilibre, car ses jambes ne semblaient plus décidées à la porter.

— Je vois un homme et un enfant à la fenêtre des voisins.

— Est-ce que tu les as déjà aperçus ailleurs ? Est-ce que tu les as vus interagir avec quelqu'un d'autre ?

— Non, jamais. Ils sont toujours à la même fenêtre. Et toujours seuls.

— Alors ce sont des âmes tourmentées. Ils ont besoin de ton aide.

Amandine comprenait maintenant pourquoi Marianne avait cafté à Xavier au lieu de la remercier pour lui avoir sauvé la mise avec son amant. Il ne s'agissait pas d'une relation clandestine, mais d'une personne décédée dont elle devait ignorer l'existence. Marianne avait donc dû réellement croire qu'Amandine tentait de séduire son mari en l'attirant chez elle. Elle se serait giflée ! Elle avait eu tout faux !

— Mais l'enfant ? Comment est-ce possible qu'un gamin ait des comptes à régler avant son passage dans l'au-delà ?

— Ça dépend dans quelles circonstances le pauvre petit a perdu la vie. Peut-être qu'il faut que tu découvres la vérité pour rétablir la justice. Qui est cet enfant ?

— Je n'en sais rien. Je le vois toujours à la lucarne de la maison voisine avec cet homme que je crois être son père.

— Ma mère m'a expliqué un jour que les gosses ont le choix quand ils s'arrêtent sur Terre pour régler leurs affaires avant le « passage ». Ils peuvent rester figés à l'âge qu'ils ont au moment du décès ou bien continuer à grandir au rythme des vivants. Quel âge semble avoir cet enfant ?

— Je dirais environ deux ans.

— Dans ce cas, la mort peut remonter à deux ans alors qu'il venait de naître, ou être plus ancienne...

— Et comment je dois m'y prendre pour aider ces gens ? Je ne sais pas du tout quoi faire !

— Ça viendra. Attends le bon moment. Tu verras que tu comprendras pour chaque cas quand et comment agir. Ma mère a toujours trouvé le moyen de les aider.

— Je te remercie.

— Pas de quoi. Je t'ai dit tout ce que je connais sur le sujet. Si tu veux, tu peux essayer d'en parler directement avec maman. Tu sais où la trouver. Mais je te préviens que ses moments de lucidité sont de plus en plus rares.

Pêche à la truite

Elle avait raccroché depuis une dizaine de minutes, mais était encore troublée par sa conversation avec Estrella. Adossée à la porte de la cuisine, elle contemplait son téléphone qui vibrait sur la table, près du manuel d'instructions du lave-vaisselle. Le nom de Samuel s'affichait. Elle n'avait aucune intention de lui répondre. Elle se sentait bien trop humiliée.

Elle empoigna sa valise et verrouilla la porte. L'homme et l'enfant se trouvaient toujours derrière la lucarne, mais ne la regardaient plus. Ils fixaient quelque chose plus loin. Elle se retourna et aperçut Claude Roussel qui entrait chez lui. C'était sa villa à la façade orange que l'homme et l'enfant observaient. Elle sentit, sans pouvoir se l'expliquer, que c'était du côté de monsieur Roussel qu'elle devait enquêter pour y voir plus clair. Elle jeta sa valise dans le coffre de sa Clio et gagna, à grandes enjambées, la maison de son voisin. Elle sonna moins d'une minute après que Claude Roussel ait refermé sa porte. Il la rouvrit et lui adressa un regard surpris.

— C'est pour quoi ?

— Bonjour monsieur Roussel, je…

Elle se rendit compte qu'elle n'avait absolument aucune idée de la façon d'engager la conversation.

— Oui ?

— J'aurais quelques questions à vous poser pour...

— Pour ?

Il commençait visiblement à s'impatienter et risquait de lui claquer la porte au nez si elle ne trouvait pas quelque chose à dire.

— Pour un reportage sur les personnes disparues. Je suis journaliste.

— Vous n'êtes pas la nouvelle propriétaire de la maison jaune ?

Alors Claude Roussel était plus observateur que ce qu'elle croyait.

— Si, mais je travaille pour « Le Fil du Temps », la revue mensuelle. Vous connaissez ?

— Non.

Évidemment qu'il ne connaissait pas, vu qu'elle venait de l'inventer de toute pièce. Elle enchaina :

— Je m'intéresse à la disparition de Jérôme Sevrard.

Elle pensait qu'évoquer son meilleur ami pourrait inciter Claude Roussel à lui ouvrir sa porte et qu'elle pourrait ainsi lui poser des questions sur les Laroque. Les âmes tourmentées de la lucarne lui avaient fait comprendre qu'elle devait venir glaner des informations chez lui. D'une manière ou d'une autre, il devait y avoir un lien entre Claude Roussel et l'homme et l'enfant de la fenêtre des Laroque.

— Qu'est-ce que vous voulez savoir ? L'enquête a été classée sans suite. C'était il y a deux ans. Je n'ai rien de nouveau à vous apprendre.

— Est-ce que je peux entrer un moment ? Le temps de vous poser quelques questions, je ne serai pas longue.

Il soupira et fit un pas de côté pour la laisser passer. Il l'invita à s'asseoir à la table du séjour et n'eut pas la présence d'esprit de lui proposer quelque chose à boire. Pas étonnant, en même temps. Les seules personnes qu'il accueillait chez lui, d'après Bernadette Frichon, étaient les demoiselles aux jupes trop courtes qui ne venaient pas pour prendre le thé de 17 h. Il n'était pas habitué à recevoir.

— Jérôme Sevrard était votre meilleur ami, n'est-ce pas ?

— Mon seul ami.

— Est-ce que vous savez quel genre de relations il entretenait avec les autres habitants du lotissement ? Les Laroque par exemple ?

Claude Roussel eut du mal à dissimuler sa surprise.

— Pourquoi vous évoquez les Laroque ?

Amandine lut dans ses yeux qu'il voulait lui cacher quelque chose.

— Simple enquête de voisinage, pour comprendre...

— Je n'ai rien à dire et aucune envie de parler de ces gros cons de Laroque !

Furibond, il se mit debout et indiqua à Amandine la sortie.

Alors il y avait réellement quelque chose à creuser dans cette direction. Elle se leva et se dirigeait vers la porte quand son regard rencontra un petit cadre au mur contenant une photographie. Elle en eut le souffle coupé. Deux hommes se tenaient au bord d'une rivière et brandissaient fièrement les truites qu'ils venaient de pêcher. Si celui de droite était Claude Roussel, celui de gauche n'était autre que l'homme de la lucarne des Laroque ! Était-ce possible que cette âme tourmentée soit celle de Jérôme Sevrard ? Il n'aurait alors pas seulement disparu, mais serait décédé ? Amandine se retourna et prit le risque de s'attirer les foudres de monsieur Roussel en demandant :

— C'est Jérôme Sevrard, là, à la pêche à la truite avec vous ?

— Quelle race de journaliste vous êtes si vous n'êtes même pas foutue de reconnaitre la personne sur laquelle vous enquêtez en photo ?! Bien sûr que c'est lui !

Amandine était démasquée et le seul moyen qu'elle voyait pour s'en sortir était de jouer franc-jeu, ou presque franc.

— Vous avez raison. Je ne suis pas vraiment journaliste.

— J'avais bien compris. Et alors qui êtes-vous ? Qu'est-ce que vous cherchez ?

_ Je ne peux pas vous donner de détails pour le moment, mais j'ai des raisons de penser qu'il est arrivé quelque chose à votre ami et à son fils et que les Laroque n'y sont pas étrangers.

— À son fils ? Quel fils ?

— Jérôme Sevrard n'avait pas un enfant d'environ deux ans ?

— Mais pas du tout ! Je l'aurais su ! Il n'était pas en couple, d'ailleurs. Il fricotait avec cette salope de Marianne, c'est tout.

— Avec Marianne Laroque ?

La conversation devenait de plus en plus intéressante. Sans trop y penser, Amandine se rassit et Claude Roussel, dont elle avait réussi à capter l'attention, en fit de même.

— Oui, ils avaient une relation. Puisque vous n'êtes pas vraiment journaliste, je peux vous le dire.

— Depuis longtemps ?

— Ça a commencé peu avant la pandémie de COVID. Elle lui faisait complètement perdre la tête. Lui qui avait toutes les nanas à ses pieds n'avait d'yeux que pour cette Marianne.

— Et après ? Avec le confinement, comment ils ont fait ?

— Le confinement a été une période formidable pour eux, du moins au début. Sébastien Laroque partait quand même travailler, car il était sur un chantier urgent pour lequel il avait une dérogation. Alors Jérôme et Marianne s'en donnaient à cœur joie pendant que les jumeaux faisaient la sieste ou jouaient devant la maison. C'était royal !

L'amitié qui les liait devait être vraiment forte, car les yeux de Claude Roussel pétillaient quand il évoquait les jours heureux de Sevrard.

— Pourquoi vous avez dit « au début » ?

— Parce qu'au bout d'un moment le cocu a découvert le pot aux roses. Jérôme n'a jamais voulu me donner les détails, je ne sais pas ce qui s'est passé. Mais il a convaincu sa femme d'arrêter de le voir. Je pense qu'il l'a menacée, si elle le larguait, de ne pas lui laisser la garde des jumeaux, ou quelque chose comme ça.

— Et votre ami ? Comment il l'a pris ?

— Très mal. Mais il n'avait pas d'autre choix que d'accepter la décision de Marianne. Il ne pouvait pas l'obliger à quitter son connard de mari.

— J'ai entendu dire qu'après le confinement Marianne Laroque avait développé une phobie du virus et ne sortait plus de chez elle. C'est vrai ?

— C'est ce que prétendait son mari. Et Jérôme ne démentait pas, mais...

— Mais ?

— Mais j'avais l'impression qu'il me cachait quelque chose. Puis, un jour, il a disparu sans laisser de traces. Il ne m'a rien dit. Marianne a recommencé à sortir de chez elle, la mine défaite. Elle n'était plus la même. Elle avait pris pas mal de poids en restant cloîtrée à la maison. Elle avait l'air déprimée.

— Ça a dû être dur pour elle aussi...

— Dur pour elle ?! Elle a manqué de courage ! Elle aurait dû tenir tête à cet enfoiré de Laroque ! Si elle aimait vraiment Jérôme, elle n'aurait pas dû y renoncer ! C'est sa faute s'il a disparu, je n'ai aucune compassion pour elle !

— On ne connait pas les détails. Peut-être qu'elle n'a pas eu le choix...

— On a toujours le choix.

Claude Roussel dévisagea soudain Amandine comme s'il venait de réaliser qu'il s'était laissé aller à toutes ces confidences avec une inconnue.

— Mais pourquoi vous vous intéressez à cette histoire ?

Amandine dut rougir jusqu'aux amygdales. Elle ne savait pas où elle pouvait s'aventurer, elle, dans les révélations.

— Je crois que votre ami… Je crois qu'il lui est arrivé quelque chose. Mais je ne peux pas vous en dire plus pour le moment. Je suis désolée.

Elle se leva et se dirigea vers la sortie. Il ne la raccompagna pas. Il resta assis à la table du séjour, le regard dans le vague.

— Je suis désolée, répéta Amandine avant de refermer la porte derrière elle.

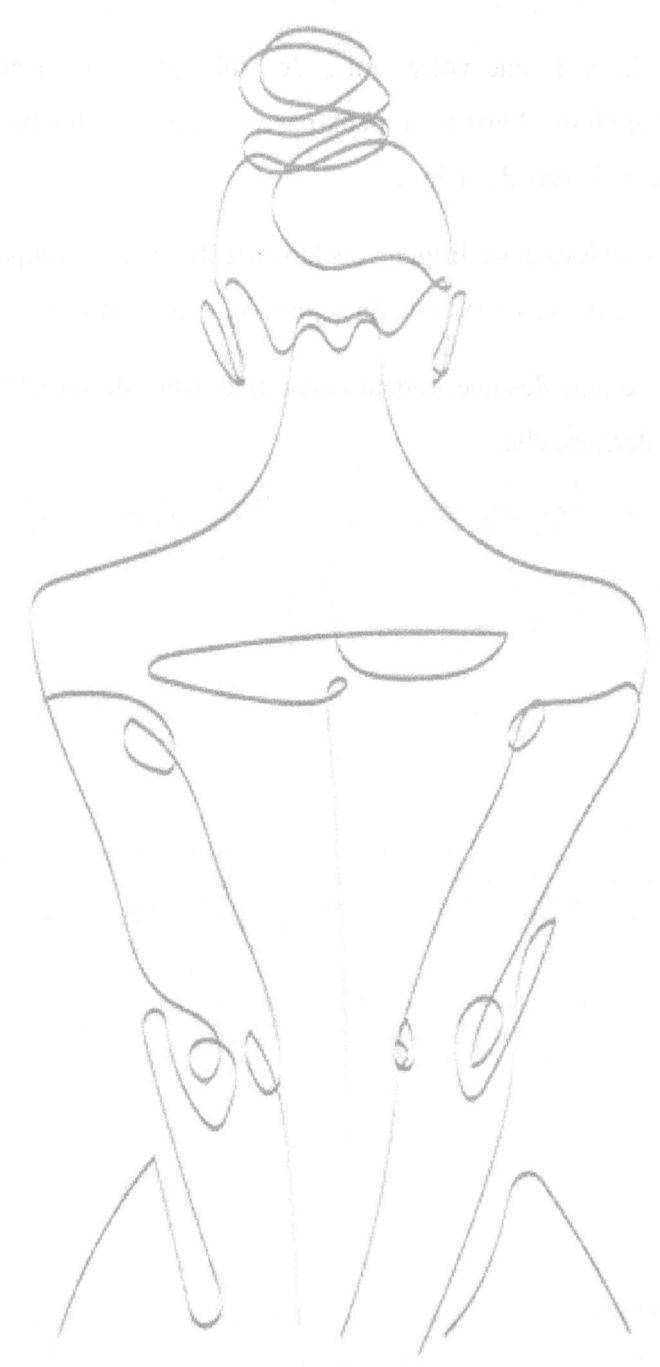

Maudite pudeur

Elle avait réservé pour deux nuits une chambre d'hôtel dans la vieille ville, à deux pas de la rue piétonne. Elle s'appelait officiellement rue Saint-Michel, mais pour les Mentonnais, c'était simplement La Piétonne. Deux nuits pour commencer, après elle verrait. Elle était pourtant sûre d'une chose : elle ne remettrait les pieds dans la maison jaune que pour y récupérer ses affaires.

Son téléphone vibra sur le dessus de lit beige alors qu'elle disposait dans la petite armoire en bois clair le contenu de sa valise.

— Alexandre ! Ça va ?

— J'ai discuté avec Estrella. Elle m'a raconté votre conversation. C'est moi qui dois te demander si ça va.

— Un peu chamboulée, comme tu peux l'imaginer. Et je me sens bien seule pour affronter cette nouveauté dans ma vie.

— Et Xavier ?

— C'est fini. Je suis à l'hôtel.

— Je vois. Tu as envie d'en parler ? Il n'y a personne à la maison, Hortense est à son club.

— Je veux bien, merci.

— Je t'attends.

Elle prit l'autoroute jusqu'à Nice. Heureusement, de ces heures, la circulation était plutôt fluide.

L'allée de son beau-frère était pratiquement déserte, mais la vieille dame aux pelotes occupait son banc habituel. Fidèle au rendez-vous, se présenta également l'enivrant parfum de coriandre et Amandine se dirigea vers la tricoteuse.

— Bonjour madame Ricoud.

La vieille femme l'observa quelques secondes, lui sourit, rassembla ses presque deux mètres de couverture sur ses genoux et l'invita à s'asseoir.

— Viens ici près de moi, ma petite.

Amandine obtempéra et prit place à gauche de la dame au tricot.

— Vous êtes la mère d'Hortense, n'est-ce pas ?

— Oui.

— Et qu'est-ce que je peux faire pour vous ?

— Ma fille se tourmente trop pour la manière dont se sont passés mes derniers jours. Je voudrais la voir sereine. Mais il n'y a qu'à travers toi que je peux communiquer avec elle.

— D'accord. Même si je doute qu'elle me croie. Je ne suis pas… Comment dire ? Je ne suis pas en très bons termes avec Hortense, malheureusement.

— Je sais. Elle fait cet effet-là, car elle ne parvient pas à s'ouvrir aux autres et se faire apprécier. Elle n'accorde d'importance qu'aux apparences, à l'image qu'elle tient à donner d'elle-même. L'attaque a toujours été sa défense parce qu'elle n'assume pas ses origines.

— Alexandre m'a expliqué qu'elle vous avait en quelque sorte reniée parce que vous n'apparteniez pas à la classe sociale dont elle rêvait.

— Je l'ai laissé faire, car elle était convaincue de trouver ainsi son bonheur. Mais elle n'a fait que s'enfoncer dans la souffrance et la culpabilité.

— Qu'est-ce que je dois lui dire ?

— Quand j'ai eu mon AVC, j'ai été opérée d'urgence. Hortense a été prévenue, mais ne s'est présentée à l'hôpital que deux jours plus tard. Je l'ai su par les infirmières. Mais ce n'est pas grave. De toute manière, j'étais dans un coma artificiel juste après l'intervention. Je n'aurais même pas remarqué sa présence.

Amandine, choquée, se mordit la langue pour ne rien dire qui puisse être offensif. Il était clair que la vieille dame aurait défendu sa fille corps et âme quoi qu'elle pût dire. Elle la laissa parler.

— Lorsqu'elle est arrivée à l'hôpital, elle est restée très froide, comme toujours. Sa visite de courtoisie n'a duré que quelques minutes. Je voyais bien qu'elle retenait ses sentiments, ses larmes, ses émotions. Elle n'a jamais été douée pour les effusions. Je savais qu'elle aurait voulu me dire quelque chose de gentil, mais ses lèvres n'obéissaient pas. Que ses bras refusaient de me serrer. Elle est repartie sans un sourire, sans une étreinte. Drapée dans cette maudite pudeur, dans son illusion de dignité.

Amandine sentit une douleur à la main droite et réalisa qu'en écoutant le récit de Solange Ricoud, elle était en train de presser très fort dans sa paume le pendentif de sa grand-mère maternelle.

— Le lendemain, l'écran près de mon lit, qui affichait les pulsations de mon cœur rafistolé, a commencé à émettre des sons bizarres. Des bip bip trop rapprochés, plus du tout réguliers. La ligne verte s'est mise à danser selon des courbes étranges. J'ai vu accourir deux infirmiers. Ils m'ont fait rouler jusqu'au bloc. Je me souviens des néons éblouissants qui défilaient au-dessus de moi. Des voix étouffées du corps médical. Puis la lumière intense, blanche. Ma fille a été prévenue immédiatement. J'ai lutté cinq heures durant, en équilibre sur le précipice entre mon corps charcuté et l'appel de la clarté apaisante. Puis j'ai lâché prise.

Des perles salées roulaient sur les joues d'Amandine. Un passant s'arrêta devant elle et lui demanda gentiment :

— Ça va, Mademoiselle ?

Elle répondit que oui et attendit qu'il poursuive son chemin pour se retourner vers Solange Ricoud, née Artois, qu'elle seule pouvait voir et entendre.

— Et Hortense ne vous a pas revue… vivante ?

— Non. Elle était à son club quand l'hôpital l'a appelée. Elle a préféré ne pas écourter sa participation à cet évènement mondain. Elle est arrivée bien plus tard. Trop tard.

— Qu'est-ce que vous attendez de moi, madame ?

— Je voudrais que tu dises à ma fille que je la pardonne. Que je ne lui en ai jamais voulu. Ni pour les années précédentes où elle m'avait écartée de sa vie ni pour son absence au moment de ma mort. Je souhaiterais qu'elle arrête de se laisser dévorer par la culpabilité. Je sais qu'elle le vit mal et j'aimerais la voir sereine. C'est ma fille unique et je ne veux que son bonheur. Un jour, le plus tard possible, je la serrerai dans mes bras et je suis convaincue qu'elle ne me repoussera pas. Mais avant ça, elle doit vivre. Et bien vivre.

— Je vous promets d'essayer de le lui faire comprendre.

Amandine salua la vieille femme, se leva, et au bout de quelques pas se retourna de nouveau vers le banc.

— Madame Ricoud, la couverture est magnifique et Hortense l'a mise sur son lit. Elle y tient énormément.

— Je sais.

Solange Ricoud, née Artois, lui sourit tendrement.

Amandine arriva devant la porte d'Alexandre et Hortense et appuya sur la sonnette. Lorsque son beau-frère lui ouvrit, elle jeta un dernier coup d'œil en direction du banc. La tricoteuse n'y était plus.

Viens, entre. Ton thé orange-cannelle t'attend.

Elle prit place en face d'Alexandre à la grande table en verre du séjour, devant un mug fumant accompagné d'un spéculoos.

— Si tu me donnes ce genre de mauvaises habitudes, tu risques de me voir débarquer tous les jours !

— Le problème c'est que je ne suis pas à la maison tous les jours. Tu te retrouverais à prendre le thé avec Hortense quand je suis au bureau ! plaisanta-t-il.

Amandine hésita quelques secondes.

— À propos d'Hortense, je…

— Oui ?

—Je ne sais pas trop comment te dire ça…

— Tu peux me parler, Amandine…

— Tu te souviens des aiguilles à tricoter que je t'ai données l'autre jour en te disant de les remettre à la vieille femme qui squatte le banc devant chez vous ?

— Je m'en souviens très bien. D'ailleurs, Hortense les a trouvées. Je les avais laissées sur le buffet. Elle a failli s'évanouir en les voyant. Elle les a récupérées et m'a demandé d'où elles sortaient.

— Qu'est-ce que tu lui as répondu ?

— Qu'une dame les avait oubliées sur le banc.

— Et après ?

— Hortense m'a hurlé que ce n'était pas possible. Elle s'est mise dans une colère noire. Elle tremblait et avait les larmes aux yeux. Elle m'a accusé de mentir et elle est partie en claquant la porte. C'était hier. Ce matin, elle a fait comme si de rien n'était. On n'en a plus reparlé et je n'y ai rien compris. Si tu peux m'expliquer…

— Les aiguilles appartiennent à sa mère.

— Mais tu m'avais dit avoir vu une dame les oublier sur le banc devant la maison…

— Oui.

Alexandre écarquilla de grands yeux étonnés, ouvrit la bouche puis la referma le temps de trouver les mots justes. Il venait de faire le rapprochement avec LE DON qu'avait évoqué Estrella.

— Tu veux dire que c'est le... le fantôme de ma belle-mère qui a perdu ces aiguilles ?

— On n'est pas dans un remake de « Ghost Busters ». Je parlerais plutôt d'âme. Mais oui, j'ai discuté plusieurs fois avec Solange Ricoud avant de comprendre qu'elle n'était plus de ce monde et que j'étais la seule à percevoir sa présence.

— C'est incroyable cette histoire ! Je veux dire... Je te crois ! Mais c'est incroyable !

— Je sais. Moi-même, j'ai du mal à m'y faire. Elle m'a chargée de transmettre un message à Hortense.

— Ce soir, elle risque de rentrer tard. Tu la trouveras à la maison demain.

— OK. Merci. Et merci d'être là, Alexandre. Tu es la seule personne avec qui je peux parler de ça.

— C'est vraiment fini avec mon frère ?

— Il… Il s'est montré agressif. Ça a été la goutte d'eau, j'ai shooté dans le vase et n'ai pas l'intention de recoller les morceaux.

— Je suis désolé.

— C'est mieux comme ça. Il fallait un déclic.

— Et avec l'homme qui te fait perdre la tête ?

Amandine sentit le rouge lui monter aux joues. Elle enfourna le spéculoos afin d'avoir le temps de la mastication pour réfléchir à la formule.

— Je… J'ai tout fait foirer. Ou alors il n'a jamais voulu de moi. Je ne sais pas. Mais c'est mort.

— Qu'est-ce qui s'est passé ?

— Pour te la faire brève : je l'ai rejoint à une fête, j'ai bu comme un trou sans fond, je lui ai sauté dessus en mode nymphomane, il m'a repoussée et a dormi sur le divan.

Alexandre éclata de rire.

— Ça te fait marrer ? C'est quoi que tu trouves le plus hilarant dans cette histoire ? Le fait que je me sois ridiculisée ou que je me sois bercée d'illusions en croyant que je lui plaisais ?

— Disons… le fait que tu continues à ne rien piger, car, à mon avis, tu as seulement affaire à ce qu'on appelle « un mec bien ».

— Qu'est-ce que tu veux dire ?

— Ça ne t'a pas traversé l'esprit que peut-être que s'il ne t'a pas touchée c'est simplement parce que tu étais bourrée comme un coing et qu'il est trop gentleman pour profiter de la situation ? Ou trop con, c'est selon… ajouta-t-il simulant une moue dubitative.

Amandine se plaqua une main sur le front, envoyant valdinguer ses mèches auburn.

— Tu crois sincèrement ?

— Vous ne vous êtes plus parlé depuis ?

— Il a essayé de me joindre, mais je n'ai pas répondu. J'étais morte de honte.

Alexandre pouffa de nouveau.

— Je peux te dire une chose, Amandine ?

— Dis toujours…

— Je t'adore... Mais t'es vraiment trop conne quand tu t'y mets !

— Je crois que tu as raison...

La version sans alcool

Les mains sur le volant, elle essayait de régulariser sa respiration. Elle était garée sur le parking de la clinique depuis dix bonnes minutes, mais n'avait toujours pas trouvé le courage d'entrer. Elle avait fait une petite excursion à la maison jaune pendant que Xavier était à l'agence et avait récupéré encore quelques vêtements et la collection de vinyles de mamie Josette. Il fallait maintenant qu'elle puise en elle la force d'entrer et d'affronter Samuel. Peut-être qu'Alexandre avait raison, après tout.

Elle empoigna son sac cabas dont dépassait le disque du grand Charles qu'elle avait choisi pour l'occasion : « Non, je n'ai rien oublié ». Elle effleura du bout des doigts la pochette cartonnée et sortit de sa Clio prête à aller jouer les négationnistes de l'Alzheimer dans l'enceinte de « La Madeleine ».

Elle trouva mamie Josette dans sa chambre. Assise sur son fauteuil, face à la fenêtre, elle caressait son chat en peluche d'un mouvement lent et régulier.

Elle frappa trois coups pour la forme et poussa la porte entrebâillée.

— Bonjour, Mamie, c'est Amandine !

À sa grande surprise, sa grand-mère se retourna, les yeux pétillants de bonheur.

— Bonjour ma chérie !

Elle la reconnaissait. C'était inespéré ! Amandine dut lutter pour retenir ses larmes de joie. Elle la serra fort dans ses bras et déposa un bisou sur sa joue.

— J'ai amené un disque, Mamie. Tu préfères l'écouter ici ou dans la salle commune avec les autres ?

— Là-bas ! répondit la grand-mère en indiquant la porte.

Alors Amandine la saisit sous les aisselles pour l'aider à se lever et, bras dessus bras dessous, elles gagnèrent la pièce commune.

Ils étaient tous là. Les quatre compagnons d'aventure de mamie Josette, et les autres. Ceux dont seules Amandine et Alma percevaient la présence. Le parfum de coriandre se fit intense quand le monsieur au nœud papillon écossais inclina la tête pour saluer Amandine. Elle lui adressa un clin d'œil complice.

Elle fit asseoir sa grand-mère dans le fauteuil à bascule que madame Chapuis avait délaissé pour une chaise avec vue sur les étagères de la bibliothèque.

— Tu auras besoin de ça, non ?

Amandine se retourna. Samuel se tenait à l'entrée de la salle, le tourne-disque dans les mains. Beau comme un Dieu, dans sa blouse blanche et son jean serré.

— Samuel, je… Il faut que… bafouilla-t-elle.

— Mets le disque, on en parle après, coupa-t-il en posant l'appareil sur une table.

Amandine s'exécuta et Aznavour eut l'effet enivrant et apaisant sur les résidents qu'elle avait déjà remarqué les fois précédentes. Sa voix réchauffait les âmes, gonflait les cœurs et faisait pétiller les yeux.

Je n'aurais jamais cru

Qu'on se rencontrerait.

Le hasard est curieux,

Il provoque les choses.

Et le destin pressé

Un instant prend la pose[3]

Mamie Josette commença à se balancer dans son fauteuil. Elle n'avait pas le sourire de la jeune fille qu'elle redevenait parfois au gré de la maladie. Non. Elle avait l'air heureux d'une personne de son âge, bercée d'un zeste de nostalgie, mais bien consciente d'avoir joui de la vie dans ses mille facettes.

Non, je n'ai rien oublié.

Je souris malgré moi

Rien qu'à te regarder.

Si les mois, les années

---

[3] Tous les passages en italique de ce chapitre sont des extraits de la chanson "Non, je n'ai rien oublié", Charles Aznavour, 1971.

Marquent souvent les êtres.

Toi tu n'as pas changé

La coiffure peut-être

Samuel, sans prononcer un mot, indiqua du regard la porte de la salle. Amandine le suivit et ils s'arrêtèrent quelques mètres plus loin, dans le couloir désert où parvenait encore distinctement la voix chaude et vibrante d'Aznavour.

Non, je n'ai rien oublié

Rien oublié

— Amandine, je ne veux pas te harceler. Je me suis peut-être fait des films. J'ai cru qu'il se passait quelque chose entre nous. Apparemment, je me suis trompé. J'aimerais juste qu'on mette les choses au clair vu qu'on est amenés à se croiser ici, à la clinique. Si tu préfères qu'on reste amis, j'essayerai de me faire à l'idée.

— Tu plaisantes ?! s'exclama-t-elle.

— Tu t'es échappée comme une voleuse l'autre matin et tu n'as jamais répondu à mes appels. Qu'est-ce que je dois en déduire si ce n'est que tu ne veux pas de moi ?

— Samuel, je t'ai pratiquement agressé sexuellement ce soir-là. Je n'en suis pas fière, mais je suis une grande fille alors il faut que j'assume. Et toi ? Toi, tu m'as repoussée. Je me suis sentie humiliée. Mais j'imagine que j'aurais dû m'y attendre. Tu dois être habitué, rien qu'en claquant des doigts, à avoir à tes pieds des nanas beaucoup plus appétissantes que moi.

Marié ? Moi ? Allons donc !

Je n'en ai nulle envie.

J'aime ma liberté, et puis de toi à moi,

Je n'ai pas rencontré

La femme de ma vie.

Mais allons prendre un verre et parle-moi de toi !

Samuel semblait troublé. Il eut un petit rire nerveux et se rapprocha d'elle.

— Mais sérieusement ? C'est ce que tu as pensé ?

Il secoua la tête faisant danser ses boucles brunes et saisit délicatement Amandine par les épaules.

— C'est officiel : je suis le roi des cons. Amandine, je... Ce n'est pas du tout ce que tu crois. Et je n'ai jamais voulu te blesser, au contraire. Tu avais beaucoup trop bu l'autre soir. Je n'osais pas profiter de la situation et que tu risques de le regretter le lendemain matin. J'ai essayé de faire le gentleman, mais tu n'as pas idée de ce que ça m'a coûté de résister !

— Vraiment ? Ce que j'ai pris pour un manque d'intérêt était de la galanterie ?

— Si j'avais su que tu allais te vexer, je ne me serais pas frustré comme ça et j'aurais évité le mal au dos après une nuit sur le divan...

Que fais-tu de tes jours ?

Es-tu riche et comblée ?

Tu vis seule à Paris ?

Mais alors ce mariage ?

Entre nous, tes parents

Ont dû crever de rage !

Il attira Amandine tout contre lui. Le parfum de son après-rasage vint couvrir celui de la coriandre. Il fit glisser une main dans son dos, et de l'autre, lui caressa la joue, écartant quelques boucles cuivrées qui lui retombaient devant le visage.

— Amandine, je suis fou de toi. Ça me tue que tu aies pu penser que je t'avais repoussée parce que tu ne me plaisais pas...

Le cœur de la jeune femme battait la chamade.

— Je n'aurais pas dû m'enfuir sans une explication. C'est ma faute. Et puis, si je n'avais pas bu plus que de raison l'autre soir, on n'en serait pas là.

— C'est à cause de mes cocktails. Ils sont irrésistibles ! plaisanta-t-il.

— Absolument tout chez toi est irrésistible, et je n'aurais pas mis les cocktails en tête de liste.

Il lui sourit, les petites fossettes reprirent leur place de part et d'autre de ses lèvres qu'Amandine fixait avec gourmandise.

Ses mains descendirent au creux des reins puis sur les poches arrière du jean de la jeune femme et il la serra contre lui.

Les hormones, l'air hébété, se réveillèrent de la sieste qu'elles faisaient dans leur tranchée, émues et surprises d'avoir été interpelées. Lentement, sans trop y croire, elles se relevèrent, époussetèrent leurs combis camouflage, et commencèrent à marcher au pas. Elles claquaient fort les semelles de leurs rangers, produisant des soubresauts dans le bas-ventre d'Amandine.

Leurs lèvres se frôlèrent d'abord timidement, puis le baiser se fit intense et passionné. Le désir montait dangereusement et ils eurent un mal fou à reprendre leurs esprits et réaliser qu'ils se trouvaient au beau milieu du couloir de « La Madeleine ». Le fait de s'apercevoir de la présence de monsieur Jaumes et de madame Henry dans l'encadrement de la porte de la salle commune qui les observaient, les yeux écarquillés, eut le mérite de calmer leurs ardeurs. Ils se décollèrent, l'air gêné.

Non, je n'ai rien oublié.

Qui m'aurait dit qu'un jour

Sans l'avoir provoqué

Le destin tout à coup

Nous mettrait face à face.

Je croyais que tout meurt

Avec le temps qui passe.

Non, je n'ai rien oublié

— Amandine, je te jure que je n'ai aucune intention d'en rester là, précisa-t-il, un air malicieux imprimé sur le visage.

— Tu m'en vois ravie, minauda Amandine.

— Je peux te poser une question ?

— Bien sûr.

— C'est vraiment fini avec ce… Comment déjà ? Xavier ?

— Oui. C'est complètement terminé. Je suis à l'hôtel depuis trois jours.

— À l'hôtel ?! Tu es en train de me dire qu'à cause de ma galanterie de merde tu as passé à l'hôtel trois nuits que tu aurais pu passer avec moi ?!

Elle éclata de rire.

— C'est pas facile d'être un mec bien, hein ?

— T'as raison ! soupira-t-il.

Puis il lui chuchota à l'oreille :

— Je ne veux pas te laisser à l'hôtel une nuit de plus. Viens chez moi. Je te promets de ne plus jamais être sage.

— D'accord. J'aurai aussi un peu de choses à te raconter au sujet de... des visions.

— On se voit ce soir. Tu te souviens de l'adresse ?

— Oui. Et je m'engage à ne pas finir la soirée ivre morte. Même si...

— Quoi ?

— Je suis beaucoup moins entreprenante quand je suis sobre, tu sais... Je suis morte de honte si je repense à mon comportement de l'autre soir ! Tu risques d'être déçu par la version sans alcool...

Il secoua la tête en riant entre ses fossettes, l'embrassa sur le front et ajouta :

— On se voit ce soir, et tu ne m'échapperas pas.

Il s'éloigna dans le couloir et elle retourna auprès de mamie Josette alors que Charles continuait de déclamer ses vers :

Chaque saison était notre saison d'aimer

Et nous ne redoutions ni l'hiver ni l'automne.

C'est toujours le printemps quand nos vingt ans résonnent.

Non. Non, je n'ai rien oublié

Elle passa une bonne heure en compagnie de sa grand-mère qui avait, par moments, des éclairs de lucidité qui réchauffaient le cœur d'Amandine. Quand elle la raccompagna dans sa chambre, elles croisèrent Samuel devant les portes de l'ascenseur et mamie Josette tourna vers sa petite-fille deux grands yeux malicieux.

— Il est gentil le monsieur, hein ?

Carnaval de Rio

Derrière son ordinateur, Amandine regardait l'heure pour la troisième fois en dix minutes. Elle retrouvait la sensation éprouvée lorsqu'elle était collégienne durant la dernière heure de cours avant les vacances. Ces moments où le temps semble se dilater, s'étaler et nous narguer. Il nous fait comprendre que c'est lui qui commande, qu'on n'a aucune emprise sur lui, pas de bouton « avance rapide » dans la vraie vie. Aucun moyen de déplacer le curseur. Elle entreprit de reclasser ses dossiers clients par ordre alphabétique pour s'occuper l'esprit. Elle avait encore deux heures à passer au travail avant de faire étape à l'hôtel, embarquer ses affaires et rejoindre le bel infirmier qui lui faisait tourner la tête.

À 17 h sonna la cloche de la liberté. Elle dévala les deux rampes d'escaliers du vieil immeuble qui abritait les bureaux de son entreprise, dans une ruelle du centre de Vintimille. Elle courut jusqu'à sa Clio et démarra. C'était l'heure de pointe et il lui sembla que les quelques kilomètres pour traverser la frontière et rentrer à Menton avaient duré des siècles. Dans la chambre d'hôtel, elle récupéra toutes ses affaires, les jeta pêle-mêle dans sa valise et sauta dans le bac de douche. Elle empoigna ensuite le sèche-cheveux pour regonfler et donner du volume à ses grandes boucles cuivrées. Elle reposa dans son trolley la mini-jupe de velours côtelé qu'elle avait pensé porter. Trop mini. Après la débâcle de la soirée cocktails, elle ne tenait pas à asseoir cette mauvaise image avec une mise trop aguicheuse. Même si le programme n'avait pour thème central ni le Monopoly ni la Belote, hein, on ne va pas se mentir ! Elle opta pour son jean fétiche moulant à souhait, dut se tortiller un peu pour l'enfiler et pria pour avoir moins de difficultés à exécuter l'opération inverse au moment opportun. Un pull en cachemire assorti à la tonalité d'émeraude de ses grands yeux vint compléter la tenue. Le col en V laissait entrevoir le pendentif d'Amandine logé entre ses seins. Elle passa à la réception pour régler, et ce n'est qu'en franchissant la porte battante de l'hôtel pour trainer sa valise sur le trottoir qu'elle réalisa que le ciel s'était couvert et qu'il tombait des cordes.

Elle courut jusqu'à sa voiture, s'arrêtant tous les quatre pas pour redresser son trolley dont les roulettes n'étaient pas faites pour le marathon. Elle jeta un coup d'œil dans le rétroviseur intérieur et constata l'ampleur des dégâts. Tout le beau travail qu'elle avait fait avec ses cheveux avait été anéanti par ce maudit déluge.

Dans la rue de Samuel, pas l'ombre d'une place de parking. Elle tourna pendant dix bonnes minutes avant de se résigner à se garer trois pâtés de maisons plus loin. Au-delà du pare-brise, la pluie faisait rage, des éclairs rayaient la pénombre qui, en cette période de l'année, dévorait déjà le paysage en fin d'après-midi. Elle se décida à sortir de la voiture. Un violent coup de tonnerre la fit sursauter alors qu'elle déclenchait le verrouillage automatique des portières et sa clef réalisa un plongeon dans la flaque qui s'était formée sur le trottoir. Elle la ramassa avec une moue de dégout, la secoua, la fourra dans son sac, saisit la poignée de sa valise et implora les roulettes de fournir un dernier effort. Après huit minutes de course folle sous la pluie battante, elle sonna chez Samuel.

Il lui ouvrit la porte. Il portait son éternel jean Levis et une chemise bordeaux dont les trois premiers boutons étaient restés dégrafés. Les manches retroussées presque jusqu'aux coudes, car il était en train de cuisiner. Il était beau comme un coucher de soleil au Cap Martin. Il écarquilla ses yeux noirs derrière ses boucles rebelles.

— Oh merde ! Amandine, tu es trempée !

— Je te jure que je m'étais faite belle avant de venir, se désola-t-elle, le regard baissé sur son jean gorgé d'eau.

Elle passa les doigts dans sa chevelure restée plaquée contre son buste et essuya du revers de la main le mascara dégoulinant sur ses joues. Elle ressemblait à un poussin ébouriffé et encore mouillé tout juste sorti de l'œuf.

— Tu es irrésistible même en version « à essorer » ! déclara-t-il dans un sourire à fossettes. Viens, entre, tu vas attraper la crève !

Une douce chaleur régnait dans le séjour et un parfum alléchant provenait de la pièce voisine.

— Tu sais faire à manger ? Je n'ai pas l'habitude qu'on cuisine pour moi…

— Tu n'es qu'au début de la découverte de mes nombreux talents, répondit-il avec un clin d'œil malicieux avant de s'éclipser dans la salle de bain.

Il réapparut, une immense serviette de plage dans les mains. Il y enveloppa Amandine et entreprit de la frictionner de la tête aux pieds. Puis il disparut de nouveau quelques secondes pour se précipiter dans la cuisine. Il éteignit le four et regagna le séjour où Amandine grelotait devant le radiateur. Il se pinça le menton entre le pouce et l'index et plissa les yeux d'un air dubitatif.

— Non, mademoiselle. Je suis désolé, mais je constate que le traitement drap de bain-radiateur ne suffit pas. Vous tremblez encore. Il va falloir passer à l'artillerie lourde pour régler le problème.

Elle explosa de rire entre deux frissons.

— Et qu'est-ce que vous suggérez, docteur ?

Il s'approcha, la plaqua contre lui et l'embrassa fougueusement. Lorsqu'ils éloignèrent leurs lèvres pour reprendre leur souffle, Amandine objecta :

— Mais comme ça, docteur, vous allez vous retrouver dans les mêmes conditions que votre patiente.

Il baissa les yeux sur sa chemise qui s'était trempée au contact du corps d'Amandine.

— Vous avez raison, mademoiselle. Alors je ne vois plus qu'une solution : il faut tout enlever, murmura-t-il au creux de son oreille.

Ses grandes mains se faufilèrent sous le pull d'Amandine. Il le lui retira et resta un instant subjugué par la rondeur de ses seins dans un affriolant soutien-gorge en dentelle noire. Elle dégrafa les derniers boutons de la chemise de Samuel et la fit tomber sur ses larges épaules. Il tira la fermeture éclair du pantalon d'Amandine pendant qu'il l'embrassait doucement dans le cou. Les frissons qui parcoururent le corps de la jeune femme n'étaient plus, désormais, à attribuer au froid ni à la pluie. Il glissa ses doigts entre le jean rêche et la dentelle soyeuse du tanga et fit descendre le pantalon d'Amandine le long de ses cuisses alors que ses lèvres se promenaient sur le galbe de ses seins. Il dégrafa le soutien-gorge révélant des tétons au garde-à-vous qu'il titilla du bout de la langue. Elle se débarrassa de son jean et entreprit de défaire la ceinture de celui de Samuel. Il la plaqua contre le mur, une main sur ses fesses, l'autre dans son cou et l'embrassa encore avec passion.

— Aïe ! Ça brûle ! s'écria-t-elle tout à coup.

Il s'écarta immédiatement et comprit que la pauvre Amandine était adossée au radiateur.

— Oups, désolé ! s'excusa-t-il.

Elle lui sourit, se décala de quelques centimètres, prit les mains de Samuel et l'attira de nouveau contre elle. Il la souleva de terre et la transporta jusque dans la chambre où elle avait dormi seule quelques nuits plus tôt. Il la déposa sur la couette bleu marine, ôta son jean et la rejoignit.

Les hormones avaient posé leurs armes et troqué leurs combis militaires pour des tenues de plumes, strass et paillettes. Elles dansaient sur les chars dans un champ de bataille transformé en carnaval de Rio.

Le bouchon du tube de dentifrice

Pas complètement remise de l'intense moment de passion, assise à la table de la cuisine devant une abondante portion de lasagnes, elle observait Samuel qui faisait tourner le tire-bouchon dans le liège d'une bouteille de Chianti.

Elle n'arrivait pas à se débarrasser du sourire béat qui étirait ses joues depuis que, à bout de souffle, ils avaient tiré la couette sur leurs corps nus encore hérissés de frissons de plaisir et étaient restés enlacés jusqu'à ce que leurs estomacs vides réclament leur dû.

Il lui jeta un coup d'œil alors qu'il remplissait les verres à vin et ne put retenir un sourire satisfait en remarquant celui d'Amandine.

— Je peux considérer que je me suis fait pardonner de ne pas avoir profité de toi quand tu avais plus de *Negroni Sbagliato* que de sang dans les veines ?

— Oui, je crois que je vais t'absoudre pour cette fois.

Elle porta le verre de Chianti à ses lèvres, mais le reposa immédiatement.

— Ah, attends ! Tu me donnes une feuille et un stylo, s'il te plait ?

— Pour quoi faire ?

— Je dois mettre par écrit que mon consentement, avec toi, tiendra toujours, même après quelques verres de vin. On ne sait jamais...

Il explosa de rire, se plaça derrière la chaise d'Amandine, l'enlaça et l'embrassa dans le cou.

— Je m'en souviendrai même sans trace écrite, ne t'inquiète pas. Je tiens mieux l'alcool que toi ! Et puis il va falloir rattraper le temps perdu... Quand je pense que tu as passé trois nuits à l'hôtel, je ne m'en remets pas !

Ils dégustèrent les lasagnes. Un poil trop cuites, selon Samuel. Délicieuses, pour le palais d'Amandine.

— Elles devraient être un peu plus « al dente », mais on a eu une urgence et j'ai planté la cuisson. Bref, c'est ta faute !

— Elles sont parfaites tes lasagnes ! Et puis, entre nous, je les aurais tolérées même carbonisées plutôt que de renoncer à « l'urgence » de tout à l'heure...

Il lui prit la main.

— Je suis heureux que tu sois là, Amandine. Je suis dingue de toi depuis la première fois que je t'ai vue faire écouter Aznavour à ta grand-mère dans sa chambre.

Elle sentit le rouge lui monter aux joues.

— Vraiment ?

— Oui. Et tu es encore plus irrésistible quand tu rougis… la taquina-t-il.

— C'est le vin ! s'empressa-t-elle de mentir.

— Bien sûr… Si tu me rends ma main, je vais chercher le dessert, ajouta-t-il indiquant du regard leurs doigts emmêlés sur la nappe grise.

Elle le lâcha à regret, mais écarquilla ses grands yeux émeraude quand elle le vit sortir du frigo un plat de Tiramisu.

— Nooon ! Mon dessert préféré ! Mais comment tu as deviné ?

— Mamie Josette est plutôt loquace dans ses moments de lucidité. Et, en toute modestie, je crois que je lui plais comme « petit-gendre », plaisanta-t-il.

Amandine éclata de rire, le regard pétillant de larmes.

— Ah non ! Ne me dis pas que je te fais de nouveau pleurer !

— Non, non ! Pardon, c'est encore le vin ! Et puis l'évocation de mamie Josette… répondit-elle en essuyant ses joues du revers de la main. Ça va aller, t'inquiète.

Il servit le Tiramisu dans de petits ramequins de terre cuite.

— Samuel, ça me parait beaucoup trop parfait pour être vrai, tout ça. Ça ne peut pas exister dans la vie réelle, un homme beau et sexy, gentil et attentionné, amant hors pair et qui sait même cuisiner… J'ai été projetée dans un Disney, ou quoi ?

— Non, les princes charmants des Disney ne sont pas très regardants quant au consentement des princesses avant de leur sauter dessus, c'est bien connu ! Ils n'ont aucun scrupule quand elles sont dans un coma profond, alors imagine s'il ne s'agit que d'une cuite !

Ils pouffèrent de rire et commencèrent leur Tiramisu.

— Tu as raison. Mais tu me sembles quand même bien trop parfait pour être réel. Qu'est-ce que je dois découvrir d'horrible sur ton compte, Samuel Marinelli, hein ? Tu es un assassin ? Tu braques des banques pendant ton temps libre ?

Tu es polygame et sur le point de me présenter tes quatre premières femmes ?

— Des trois choses laquelle tu trouverais plus tolérable ? demanda-t-il en riant.

— Hum... Les banques, peut-être...

— OK, alors non, aucune des trois. Mais il y a bien un truc terrible auquel tu dois te préparer.

— Dis-moi, je suis curieuse...

— Tu es prête ?

— Vas-y.

— Il m'arrive de ne pas refermer correctement le bouchon du tube de dentifrice...

— C'est plutôt lourd comme tare, en effet, mais j'essayerai de m'en faire une raison, pouffa-t-elle.

— Pour redevenir un peu sérieux, tu m'avais promis de m'expliquer cette histoire de visions. Tu as envie d'en parler ?

Elle posa sur lui un regard gorgé de tendresse.

— Tu es incroyable.

— Pourquoi ? Je n'ai rien dit d'extraordinaire, il me semble.

— C'est juste que je n'ai pas l'habitude qu'on m'écoute avec autant d'attention et d'intérêt sincère.

— Je veux tout savoir de toi, murmura-t-il en reprenant les mains d'Amandine entre les siennes.

— J'ai l'impression que tu me connais déjà beaucoup mieux que la personne avec laquelle j'ai passé les treize dernières années de ma vie.

— Je ne tiens pas particulièrement à entendre parler de ce mec-là, mais si ça te soulage, vas-y…

— Tu es jaloux ? demanda-t-elle avec un sourire en coin.

— L'important c'est que je t'aie toute pour moi à partir de maintenant.

Il porta les mains d'Amandine à ses lèvres.

— Toute à toi, avec ou sans cocktails, confirma-t-elle en s'approchant pour l'embrasser.

Puis, elle lui raconta tout ce qui lui était arrivé d'étrange les semaines précédentes. Le parfum de coriandre. Alma. La dame au tricot. Le don. Estrella. La lucarne des Laroque.

Il écouta sans juger, sut poser les bonnes questions et respecter les silences quand il le fallait.

Ils passèrent une grande partie de la nuit entre confidences et étreintes passionnées.

Amandine avait enfin trouvé son « chez elle ». Il ne s'agissait pas d'une belle maison colorée dans un lotissement. Non. Son « chez elle » était dans les bras de Samuel.

La valeur et le prix

Amandine n'avait dormi que trois heures, mais se sentait pleine d'énergie. Elle appuya sur la sonnette et patienta quelques secondes avant qu'Hortense ne lui ouvre.

— Amandine ? Alexandre n'est pas là. Qu'est-ce que tu veux ? Lui demanda-t-elle au maximum de la courtoisie dont elle était capable.

— C'est à toi que je dois parler.

Son, désormais, ex-belle-sœur, haussa les sourcils et la scruta de ses yeux glacés.

— À moi ? Et qu'est-ce que tu veux ? Des conseils pour te faire bien voir par Madeleine et François ?

— Hortense, tu peux cesser les hostilités. Je ne suis plus en compétition avec toi. En réalité, je ne l'ai jamais été. Mais je ne suis même plus ta belle-sœur, ça devrait te faire plaisir. J'ai rompu avec Xavier. Ce n'est pas de ça que je souhaite te parler.

Choquée, Hortense se décala enfin pour la faire entrer et alla jusqu'à lui proposer de s'asseoir.

— Tu bois quelque chose ?

— Non, merci, refusa poliment Amandine.

— Je suis désolée pour ton couple. Je veux dire : sincèrement désolée. Je ne m'y attendais pas, déclara-t-elle, un peu moins froide tout à coup.

— Pas de quoi être désolée. Je n'étais pas heureuse. Toi, tu l'es ?

Hortense, outrée, retrouva son regard de glace.

— Je ne comprends pas ce que ça a à voir avec moi !

— Rien, tu as raison. Je suis venue pour te parler d'une personne qui m'a demandé de te transmettre un message.

— Un message ? Et elle ne peut pas envoyer un mail comme tout le monde ? Qui est-ce ?

— Non, elle ne peut pas t'envoyer de mail ni même te parler directement.

— Amandine, ça t'amuse ces mystères ? De quoi tu parles ? Viens-en aux faits !

— Il s'agit de ta maman.

Hortense se leva d'un coup. Des éclairs traversaient ses yeux furibonds.

— Comment tu te permets ?! Sors d'ici tout de suite !

— Attends, laisse-moi t'expliquer...

— Sors d'ici ou j'appelle la police ! Tu es chez moi !

— Techniquement, je suis chez Alexandre. Il m'a dit que tu avais trouvé les aiguilles à tricoter portant les initiales de ta mère.

Hortense hésita un peu, légèrement troublée.

— Oui, et alors ?

— Alors comment est-ce qu'elles sont arrivées ici, d'après toi ? Ce sont les aiguilles avec lesquelles ta maman a tricoté la couverture patchwork qui est sur ton lit.

— Comment tu sais ça ?

— Je sais pas mal de choses. C'est elle qui me les a racontées.

— Tu délires complètement ! Ma mère est morte il y a dix ans !

— Hortense, j'imagine que ça te paraitra dingue, mais depuis peu j'ai découvert que j'ai d'étranges… comment dire ? D'étranges capacités. Je vois des personnes qui ne sont plus de ce monde.

Hortense secoua la tête avec vigueur, un rictus dédaigneux au coin des lèvres.

— Tu es complètement folle ! Je me suis toujours doutée que tu n'étais pas saine d'esprit.

— Essaye de baisser la garde un moment. Tu n'as rien à me prouver, aucune raison de vouloir me dominer. Je te répète que nous ne sommes pas en compétition. Écoute ce que j'ai à te dire. Crois-moi, ça n'a pas été facile de venir sonner à ta porte en sachant qu'on est en mauvais termes depuis le début, toi et moi. Je l'ai fait uniquement parce que ta mère me l'a demandé.

— Mais tu es sérieuse ? Tu penses avoir vu le fantôme de ma mère ?

— Son âme. Je viens de découvrir que je possède ce don. Au début, je ne comprenais pas. Je voyais régulièrement une dame d'un certain âge en train de tricoter une couverture sur le banc devant chez toi.

— Et qu'est-ce que tu faisais régulièrement devant chez moi ? Si ça n'est pas indiscret...

— Alexandre m'a pas mal soutenue pendant ma crise avec Xavier. C'était la seule personne avec laquelle je pouvais parler.

Hortense arqua un sourcil suspicieux, toujours debout devant le divan où Amandine était assise.

— Vraiment ?

— Ne va surtout pas t'imaginer n'importe quoi ! Je n'ai aucune vue sur Alexandre ! On s'entend bien, c'est tout. Et puis je venais aussi me confier au sujet d'un autre homme que j'ai rencontré.

— Ah, je vois. Tu n'aurais pas été la première, de toute façon...

— Qu'est-ce que tu insinues ?

— Non, rien. Reviens-en aux faits.

— Quand j'ai compris que j'avais affaire à l'âme de ta mère, je suis allée la voir et elle m'a raconté.

— Raconté quoi ?

— Elle te pardonne, Hortense. Elle t'aime et elle ne t'en a jamais voulu. Ni de l'avoir écartée de ta vie pendant des années parce qu'elle n'appartenait pas à une classe sociale qui te faisait honneur, ni d'être arrivée trop tard à l'hôpital quand son cœur a lâché.

Les pommettes d'Hortense s'affaissèrent sous le blush et des larmes incontrôlables se mirent à ruisseler jusqu'au col de son chemisier.

Amandine lui saisit le bras et la fit asseoir près d'elle.

— Personne ne pouvait savoir ça. Alors c'est vrai ? Tu peux réellement voir ma mère ?

— Oui. Elle m'a dit de te dire d'arrêter de culpabiliser. Elle t'aime et ne t'en veut pas.

Hortense se leva et ouvrit son sac à main posé sur le buffet. Elle en sortit un petit portefeuille de cuir marron duquel elle extirpa une photo.

— C'est tout ce qui me reste d'elle. J'ai renoncé à tout en l'éloignant de ma vie.

Amandine examina la photo de Solange Ricoud sur la Promenade des Anglais. Elle portait un manteau rapiécé et le sourire d'une femme qui connait l'importance des petites choses de l'existence. Une de ces personnes qui savent faire la différence entre la valeur et le prix.

— Salut, tatie Mandy ! s'exclama Charlotte en dévalant les escaliers.

Les deux femmes se retournèrent vers la fillette et cette dernière remarqua les larmes qui coulaient sur leurs joues.

— Salut, Charlotte, tu n'es pas en cours ce matin ?

— Au saut du lit, elle a eu une crise de maux de ventre, alors on n'a accompagné à l'école que Clotilde aujourd'hui, répondit Hortense à la place de sa fille.

— Qu'est-ce qui se passe ? Pourquoi vous pleurez ? demanda la fillette.

Elle s'approcha timidement et jeta un œil à la photo par-dessus l'épaule de sa mère.

— C'est la dame du banc ! Pourquoi tu as une photo d'elle, maman ?

Amandine ouvrit des yeux ronds.

— Tu la connais, Charlotte ?

— Elle ne peut pas la connaitre ! Elle est morte deux ans avant sa naissance ! s'exclama Hortense.

— Mais non ! Je la vois souvent ! C'est la dame qui tricote sur le banc devant la maison.

— Tu vois souvent cette dame qui tricote ? demanda Amandine, incrédule.

— Ben oui !

_ Et tu lui as déjà parlé ?

— Pas vraiment. Juste bonjour. Elle me fait toujours de grands sourires quand on passe devant elle. Elle a l'air gentille, mais un peu triste. Elle est tout le temps seule.

— Mais tu ne m'en as jamais rien dit ! l'interrompit Hortense entre deux sanglots.

— De quoi j'aurais dû te parler, maman ? Je suis souvent avec toi quand on passe devant la dame, et tu as toujours fait semblant de ne pas la voir. Je sais que tu n'aimes pas les gens pauvres.

Les pleurs d'Hortense redoublèrent d'intensité et Amandine passa un bras autour de ses épaules.

— Ben quoi ? Qu'est-ce que j'ai dit de mal ? demanda Charlotte, perplexe.

— Rien, ma puce, ne t'inquiète pas, la rassura Amandine. Viens t'asseoir avec nous sur le divan, on doit t'expliquer quelque chose.

Amandine s'apprêtait à ouvrir la bouche, mais Hortense se ressaisit et posa une main sur son bras pour signifier que c'était à elle de parler à sa fille. Amandine la laissa faire.

— Charlotte, cette dame est ta grand-mère.

— Mais non ! Ce n'est pas grand-mère Madeleine !

— Non, c'est ton autre grand-mère. C'est... ma maman à moi.

Charlotte s'assit sur les genoux d'Hortense et attendit la suite des explications.

— Amandine est venue me raconter qu'elle a un don spécial. Elle arrive à voir et à parler avec des personnes qui sont décédées. Et elle a discuté avec ta grand-mère.

— Et, apparemment, tu as le même don que moi, Charlotte, ajouta Amandine.

Les yeux écarquillés de la fillette rebondissaient de sa mère à sa tante et de sa tante à la photo de la dame au tricot.

— Alors cette dame que je vois toujours sur le banc est morte ? Et c'est ma grand-mère ?

— Exactement, confirma Amandine. Et ta maman ne faisait pas exprès de l'ignorer quand vous passiez devant elle. Simplement, elle ne pouvait pas la voir.

Charlotte, assise sur les genoux de sa mère, était sous le choc. C'était une nouvelle plutôt difficile à digérer même à l'âge où l'on a cessé depuis peu de croire au père Noël.

— Et pourquoi on la voit, tatie Mandy ?

— On m'a expliqué que l'âme des personnes décédées peut rester quelque temps près de nous si elles ont un message à transmettre à leurs proches ou un problème à régler. Ta grand-mère avait un message pour ta maman et je le lui ai donné. Maintenant, elle devrait être assez sereine pour faire son passage dans l'au-delà.

— Alors je ne la verrai plus sur le banc ? regretta la fillette.

— Je ne crois pas. Mais elle, elle continuera à te voir et elle te sourira toujours ici, répondit Amandine en posant une main sur le cœur de sa nièce.

— OK, dit simplement Charlotte.

— Ça va aller, Hortense ?

— Oui, merci.

— Je... Vu qu'on vient de découvrir que Charlotte a le même don que moi, je peux te l'emprunter un moment ? demanda Amandine à sa belle-sœur.

— Pour quoi faire ?

— Je voudrais qu'elle me dise si elle voit deux autres personnes dont je dois résoudre le mystère. Je te la ramène dans une heure ou deux.

— Non, je viens avec vous ! Je peux ?

— Bien sûr, accepta Amandine, adressant, peut-être pour la première fois de sa vie, un sourire sincère à Hortense.

Elle les embarqua dans sa Clio et prit la direction de Menton. Sur la banquette arrière, Charlotte observait le paysage qui défilait derrière la vitre, ses écouteurs vissés dans les oreilles.

À l'avant, Amandine fixait l'horizon, droit devant, pour ne pas croiser le regard de son ex-belle-sœur à laquelle elle n'avait jamais su quoi dire. C'est Hortense qui brisa le silence. Après avoir vérifié que sa fille avait bien ses écouteurs, elle déclara :

— Alexandre a une maitresse.

La phrase tomba comme un couperet et Amandine, prise au dépourvu, sentit ses joues s'empourprer. Hortense s'en aperçut.

— Tu le savais, n'est-ce pas ?

— Oui, dut-elle admettre.

— Cette mascarade a trop duré. Il n'y a jamais eu de réels et profonds sentiments ni de ma part ni de celle d'Alexandre. On a été utile l'un à l'autre. Lui, pour complaire à ses parents. Moi, pour atteindre le niveau de vie que je voulais.

— Tu es au courant depuis longtemps ?

— À peu près depuis le début, je crois. Mon mari n'est pas très doué pour les cachoteries.

— Et tu n'as rien dit pendant tout ce temps ?

— Je pense que j'avais peur de perdre ce que j'avais acquis au fil des années. Mais maintenant, je me rends compte, après le message de ma mère, que je me suis toujours trompée de priorités.

Né à 13h35

Elles arrivèrent au lotissement arc-en-ciel. La voiture de Xavier était dans l'allée, devant la maison jaune. Amandine n'avait pas peur. Elle savait bien que la présence d'Hortense changerait le comportement de son ex-compagnon.

Elle prit Charlotte par la main et la conduisit près de la villa verte des Laroque. Le parfum de coriandre chatouilla ses narines et elle salua Jérôme Sevrard et l'enfant au-delà de la lucarne.

— Tu les vois, Charlotte ?

— Le monsieur et le petit garçon ? Bien sûr ! Pourquoi ?

— Je ne vois personne, se désola Hortense.

— Tu veux dire qu'ils sont morts eux aussi, tatie Mandy ?

— J'en ai bien peur. Dis-moi, est-ce que tu sens une odeur particulière quand tu les regardes ?

La fillette renifla et son visage s'éclaira.

— Oui ! La sauce verte que papa aime mettre dans les pâtes !

— Le pesto ?

— C'est ça !

— Alors, toi, c'est le basilic. Quand tu perçois une forte odeur de pesto, ça signifie que quelque part autour de toi il y a une ou plusieurs personnes qui ne sont plus vraiment de ce monde.

— C'est dingue ! s'exclama Charlotte.

— Toi aussi tu sens le basilic ? s'enquit Hortense.

— Non, moi, c'est la coriandre.

— Amandine ! Je suis content que tu sois enfin revenue !

Elle se retourna et se retrouva nez à nez avec Xavier.

— Pas maintenant, je ne suis pas ici pour toi.

— Mais qu'est-ce que tu racontes ? Allez, viens à la maison, on va s'expliquer.

Il lui prit la main et elle se dégagea d'un geste brusque.

— Non ! C'est fini. Ne fais pas semblant de ne pas l'avoir compris !

— Écoute, je me suis un peu emporté l'autre jour, mais ce sont des choses qui arrivent.

— Non, ce sont des choses qui ne doivent pas arriver.

Un rictus haineux se creusa sur le visage de Xavier.

— Tu as quelqu'un d'autre ? C'est ça ? cracha-t-il.

— Oui. J'ai rencontré quelqu'un. Il s'appelle Samuel, il est infirmier à « La Madeleine ». Tu sais, la clinique où est placée ma grand-mère et où tu ne m'as pas accompagnée une seule fois ! Mais il y a bien longtemps que j'aurais dû trouver la force de te quitter. Xavier, j'ai subi pendant trop d'années tes humiliations, ta manipulation sournoise pour que je vive avec l'impression de t'être redevable. Je ne te dois rien.

— Mais enfin qu'est-ce que tu racontes ? Tu as complètement perdu la raison, Amandine ! Je t'ai toujours soutenue, même quand tu as perdu notre bébé ! Je t'ai proposé de l'aide pour que tu remontes la pente, mais c'est toi qui as refusé. Qu'est-ce que j'aurais pu faire de plus ?

— Pour commencer, tes subterfuges psychologiques pour me convaincre que J'AI perdu NOTRE bébé et que, dans ton immense bonté, TU m'as pardonnée, ne fonctionnent plus. Je ne suis coupable de rien. Cette fausse-couche, je l'ai subie, exactement comme toi. Ce que tu as fait pendant des années était tout sauf du soutien.

L'expression sur le visage de Xavier se faisait de moins en moins dure. Il semblait réaliser qu'il avait perdu son pouvoir, son emprise sur Amandine. Il avait l'air, désormais, plus désemparé qu'autre chose. Il faut croire qu'il ne s'attendait pas à ce que la jeune femme s'affranchisse du joug de ses manipulations.

Il garda le silence, permettant à la jeune femme d'ajouter :

— Et je ne parle même pas de la relation que tu as avec tes parents et qui est tout sauf saine. Tu n'hésitais pas à m'enfoncer pour te faire mousser auprès d'eux, et ça, c'est inacceptable !

Il remarqua enfin qu'elle fixait avec insistance la lucarne de la maison voisine et décida, pour garder la tête haute, de feindre l'indifférence aux reproches d'Amandine et de changer de sujet :

— Qu'est-ce que vous regardez là-haut ? Et qu'est-ce que vous faites ici vous deux ? demanda-t-il à Hortense et Charlotte qui avaient assisté, en silence, à la dispute.

— Tatie Mandy et moi, on voit des gens qui sont morts ! répondit naïvement la fillette.

Les yeux de Xavier s'arrondirent.

— Amandine ! Qu'est-ce que c'est que ces conneries ? Qu'est-ce que tu as mis dans la tête de ma nièce ?

Hortense le saisit par le bras et l'éloigna, abandonnant Amandine et Charlotte devant la maison verte.

— Viens, Xavier, c'est un peu compliqué à expliquer, mais laisse-les faire.

— Mais enfin ! Amandine est devenue folle !

Hortense le fusilla du regard.

— Elle n'est pas folle ! Je t'interdis de dire ça !

Elle le tira par la manche et le porta à une vingtaine de mètres pour lui faire un topo de la situation sans déconcentrer Amandine et Charlotte.

— Tatie Mandy ! Regarde !

Amandine leva de nouveau les yeux vers la lucarne et vit le petit garçon, la bouche en cœur, souffler sur la vitre, produisant une grande tâche de buée. Jérôme Sevrard y inscrivit un mot du bout de l'index : CARNOLES.

— Qu'est-ce que ça veut dire ? demanda la fillette.

— Je n'en sais rien. Je crois que le meilleur moyen de comprendre est d'aller poser quelques questions à Marianne Laroque, la dame qui habite cette maison. Va rejoindre ta maman, je vais lui parler.

Amandine sonna et perçut un mouvement derrière l'œil-de-bœuf.

— Qu'est-ce que vous voulez ? s'enquit Marianne à travers la porte qu'elle n'avait visiblement pas l'intention d'ouvrir.

— Marianne, je souhaiterais m'entretenir avec vous un moment. C'est important. Vous pouvez m'ouvrir ou on doit communiquer à travers cette porte ?

— Je n'ai rien à vous dire !

— Écoutez, on n'est pas parties sur de bonnes bases toutes les deux, mais je vous assure que c'est un malentendu. Je n'ai aucune vue sur votre mari, vous pouvez en être certaine. Si vous déverrouillez cette porte, je vous explique pourquoi je l'ai fait entrer chez moi l'autre jour.

La porte s'ouvrit et Marianne Laroque apparut, le regard noir. Elle portait un bas de jogging et un pull à col roulé qui étaient loin de la mettre en valeur et elle scruta Amandine de la tête aux pieds d'un air méprisant.

— C'est quoi votre problème ? Vous avez débarqué dans le lotissement pour faire exploser les couples ? Le vôtre ne vous suffit pas ?

— Marianne, ne prenez pas ce ton avec moi ! Je n'ai aucune envie de devenir votre amie, je dois juste aider une personne qui, visiblement, a quelque chose à vous dire. Entre nous, vous êtes mal placée pour parler de couple qui ne suffit pas, vu que vous avez eu une liaison avec Jérôme Sevrard !

Amandine regretta aussitôt de s'être emportée. La lèvre inférieure de Marianne se mit à trembler comme un Flamby en mode vibreur et elle saisit la poignée de la porte, prête à la claquer au nez de l'intruse. Amandine réussit in extremis à glisser son pied à l'intérieur et bloqua son geste.

— Attendez ! Je ne suis pas venue ici pour vous accuser. Au contraire, si j'ai attiré votre mari chez moi l'autre jour, c'était parce que je croyais vous aider. Mais je m'étais trompée. Laissez-moi entrer, que je vous explique.

— Je vous accorde quinze minutes, pas plus. Sébastien ne va pas tarder à rentrer déjeuner et je ne veux pas qu'il vous trouve chez nous.

— J'essayerai d'être brève.

Amandine suivit Marianne et pénétra pour la première fois dans la maison verte. Elle jeta un œil en direction des escaliers qui s'élançaient vers le premier étage.

— Vous l'avez fait aménager, vous, la salle sous le toit ?

Marianne, étonnée par cette question, ne savait pas trop quel comportement adopter avec Amandine. Elles prirent place de part et d'autre de la table en formica de la cuisine.

— Non, on n'a pas besoin d'une pièce en plus. Les jumeaux sont habitués à partager leur chambre et n'ont pas l'intention de se séparer, du moins pour le moment. Vous êtes venue me parler de travaux de rénovation ?

Amandine suivait du bout du doigt les farandoles de tournesols sur le fond transparent de la toile cirée. Elle ne savait pas comment en venir aux faits.

— Non, j'ai quelque chose à vous expliquer. Mais il va falloir me promettre de m'écouter jusqu'au bout et de ne pas me prendre pour une timbrée. Car, je vous préviens, ce que j'ai à vous dire va vous paraitre plutôt fou.

— J'ai compris que vous étiez dingue le jour où je vous ai vue draguer mon mari. Si je pouvais, je vous le laisserais, vous savez ? Il n'est pas vraiment facile à vivre…

— Marianne, je ne drague pas votre mari. Il se trouve que j'ai un don que j'ai découvert récemment. Je vois l'âme des personnes décédées qui ont encore quelque chose à régler sur Terre.

Elle laissa flotter le silence pendant une dizaine de secondes pour permettre à Marianne de digérer l'information.

— Admettons que vous ne travailliez pas du chapeau et que vous ayez vraiment un pouvoir de ce genre, qu'est-ce que j'ai à voir là-dedans, moi ?

— Je… Est-ce que vous avez eu des nouvelles de Jérôme Sevrard depuis qu'il a été porté disparu ?

Les mains de Marianne, à plat sur la table, se mirent à trembler et son teint laiteux passa de pâle à presque translucide.

— Je ne vois pas où vous voulez en venir... bredouilla-t-elle.

— Marianne, est-ce que vous avez des informations sur le décès de monsieur Sevrard ?

Des larmes silencieuses se décrochèrent de ses cils pour aller s'écraser sur les tournesols de la toile cirée.

— Il... Il est mort ?

— J'en ai bien peur. Et son fils l'est aussi.

— Léo ! Non ! hurla-t-elle.

Dans ce cri, Amandine perçut une douleur atroce, une réelle détresse.

— Vous connaissiez également son petit garçon ? Parce que Claude Roussel, même s'il était son meilleur ami, n'était pas au courant de la paternité de Jérôme Sevrard.

Marianne sanglotait, gémissait, hoquetait, effondrée sur la farandole de tournesols. Elle n'arrivait pas à faire entrer suffisamment d'oxygène dans ses poumons pour parler. Amandine se leva instinctivement et passa un bras autour de ses épaules. Elle avait l'air sincèrement secouée. On pouvait donc en déduire qu'elle n'était pour rien dans la mort de son ex-amant et de l'enfant.

— Vous n'étiez pas au courant de son décès ? Je dois vous demander pardon, car l'une des hypothèses qui m'étaient venues à l'esprit était que vous ayez éliminé monsieur Sevrard et son fils par pulsion de vengeance, de jalousie envers la mère de cet enfant.

Marianne se força à respirer de façon régulière, espaçant les sanglots qui la faisaient sursauter.

— Vous n'avez rien compris.

— Alors, expliquez-moi.

— Non, c'est vous qui devez m'expliquer comment vous faites pour savoir que Jérôme et Léo sont morts ! Avec quel courage vous vous pointez chez moi pour m'annoncer ça ?! Vous en êtes sûre, au moins ?

— J'ai vu leurs âmes. Ils attendent quelque chose de moi, mais je n'ai pas encore découvert quoi. Je pensais devoir démasquer la personne responsable de leur décès, mais apparemment ce n'est pas vous…

— Comment aurais-je pu vouloir du mal à Jérôme et Léo ?! Et où les avez-vous vus ?

— Je les aperçois régulièrement par la lucarne du dernier étage sous le toit de votre maison. C'est pour ça que je vous demandais si vous aviez aménagé les combles. Et c'est parce que j'ai vu monsieur Sevrard l'autre jour par la fenêtre, et qu'à ce moment-là je ne savais pas qu'il s'agissait de son âme, que je me suis inquiétée pour vous en entendant arriver votre mari. Je l'ai attiré chez moi pour faire diversion. Je n'avais pas compris.

— Ils sont ici ? Chez moi ?

Marianne ouvrait de grands yeux trempés de larmes et d'incrédulité.

— Oui, mais vous ne pouvez pas les voir. S'ils m'apparaissent, c'est qu'ils ont un message à faire passer, quelque chose qu'ils doivent nous communiquer. Est-ce que vous avez une idée de ce dont il s'agit ? Marianne, est-ce que vous connaissez la femme avec qui monsieur Sevrard a eu son fils ? Cet enfant devait bien avoir une mère. Pourtant, monsieur Roussel n'était au courant de rien.

— Léo… articula lentement Marianne Laroque avant de recommencer à pleurer à chaudes larmes.

Amandine frictionnait son dos de la paume de la main. La pauvre femme semblait réellement effondrée.

— Qui est Léo ? Je veux simplement vous aider, Marianne. Faites-moi confiance.

— Léo est mon fils.

Amandine reprit place sur sa chaise, bouleversée par cet aveu.

— Vous êtes la mère du petit garçon de Jérôme Sevrard ?

— Oui.

— Mais comment est-ce possible ? Comment avez-vous pu cacher cette grossesse à tout le voisinage ?

— Je suis tombée enceinte à la fin du confinement, en 2020. Quand je l'ai découvert, Jérôme et moi étions au comble du bonheur. Nous voulions fuir ensemble. Jade, Gabriel, Jérôme, moi et la créature qui poussait dans mon ventre.

— Mais vous ne l'avez pas fait. Pourquoi ?

— Sébastien a trouvé mon test de grossesse dans la poubelle de la salle de bain. Nous n'avions plus de rapports depuis des mois. Il n'avait pas besoin d'être un génie pour en déduire que je le trompais.

Amandine voyait bien que ces aveux étaient très douloureux pour Marianne, mais, en même temps, en parler semblait la soulager.

— Et comment a-t-il réagi ?

— Quelle question ! Mal, bien sûr. Il m'a giflée et m'a interdit de garder le bébé, car il ne voulait pas de ce « bâtard », comme il disait. Et surtout, il avait peur de faire des vagues. Il craignait que l'image du mari trompé nuise à la bonne réputation qu'il a ici à Menton. C'est un chef d'entreprise très respecté dans le milieu du bâtiment.

— Et vous avez avorté ? C'est pour ça que je vois l'âme du petit Léo ?

Marianne lui lança un regard outré.

— Non ! Je n'aurais jamais fait ça ! J'étais si heureuse d'attendre un enfant de Jérôme !

— Alors qu'est-ce qui s'est passé ?

— J'ai assuré à Sébastien que j'aurais avorté, mais c'était juste pour gagner du temps. Et j'ai refusé de lui dire qui était le père. J'ai attendu qu'il parte au travail et j'ai appelé Jérôme. J'étais effondrée.

— Et que vous a dit Jérôme Sevrard ?

— Il est venu tout de suite.

Elle semblait comme absente. Ses yeux fixaient le vide pendant qu'elle racontait l'épisode et avait l'air d'en revivre chaque seconde.

— Et ensuite ?

Amandine était scotchée à sa chaise, les coudes sur les tournesols de la toile cirée qui paraissaient de plus en plus ternes.

— Jérôme est arrivé avec une petite valise contenant quelques affaires. L'essentiel de sa vie condensé en un mini trolley vert prairie. Il m'a dit de jeter quelques effets personnels dans un grand sac. On serait passés récupérer Jade et Gabriel à l'école et on se serait enfui tous les quatre et demi.

— Mais ?

— Sébastien avait dû flairer quelque chose. Il est rentré à l'improviste et nous a surpris alors qu'on attrapait les vêtements des enfants dans leur armoire pour les fourrer dans un sac poubelle noir. Je n'avais pas de valise. Nous ne partions jamais en vacances.

— Oh mon Dieu ! Et qu'est-ce qu'il a fait ?

Marianne, tremblante, comme en transe, continuait à voir défiler cette scène de son passé devant ses yeux et la décrivait à Amandine.

— Il a affronté Jérôme, ils allaient en venir aux manières fortes. Il était hors de lui en découvrant l'identité de mon amant. Je me suis mise entre eux, les mains sur le ventre pour protéger Léo. Sébastien a levé le poing. Jérôme s'est replacé devant moi et a prononcé une phrase qui a stoppé le geste de mon mari.

— Quelle phrase ?

— Il a dit : « Si tu fais du mal à Marianne ou au bébé, je te jure que tu devras changer de pays, voire de planète, pour échapper à la réputation de cocu impuissant que je vais te faire ! »

— Wow !

Par la fenêtre, Amandine apercevait Hortense et Charlotte qui l'attendaient assises sur un banc dans le jardin au centre du lotissement. Xavier avait dû rentrer à la maison. Elle essaya de presser un peu Marianne pour connaitre la fin de l'histoire sans s'éterniser.

— Mais alors pourquoi je vois les âmes de Jérôme et de Léo ? Qu'est-ce qui s'est passé ensuite ?

— Je ne sais pas. Tout ce que je peux vous dire c'est que Sébastien ne nous a pas touchés, effrayé par les propos de Jérôme. Mais il m'a menacée, si Jérôme ou moi faisions quoi que ce soit pour nuire à sa réputation, de me priver de Jade et Gabriel. Il a dit qu'il avait des relations haut placées et que ce serait un jeu d'enfant d'obtenir leur garde exclusive et de me rayer de leur vie.

— Oh l'enfoiré ! laissa échapper Amandine.

Elle porta une main à sa bouche, comme prise de remords pour ce commentaire trop spontané.

— Vous pouvez le dire haut et fort !

— Et alors ? Après ?

— Alors, on a trouvé une sorte d'accord. Mon but était de protéger Léo sans renoncer à mes deux autres enfants, bien entendu. Et la seule chose qui comptait aux yeux de Sébastien était de sauver les apparences. Alors, on a fait un pacte tous les trois. J'aurais porté à terme la grossesse et, après l'accouchement, Jérôme se serait enfui avec Léo en promettant de ne plus jamais revenir dans le coin ni d'avoir de contact avec moi. Et moi, j'aurais continué ma vie avec Jade, Gabriel… et Sébastien.

— Quelle horreur !

— Oui, mais c'était le seul moyen de sauver mes trois enfants. Et je savais que Jérôme aurait pris soin de Léo.

— Mais comment avez-vous pu poursuivre cette grossesse sans que personne ne se doute de quoi que ce soit ? Même Claude Roussel n'était au courant de rien…

— Sébastien a raconté à tout le voisinage que j'avais développé une phobie du virus. Je ne suis plus sortie de chez moi de toute la durée de la grossesse. J'ai mis au monde, début décembre, un merveilleux petit garçon potelé avec une grosse touffe de cheveux noirs comme ceux de son papa. J'ai accouché à la maison. Sans sage-femme. Sans que personne ne soit au courant. Priant pour que tout se passe bien, car je n'aurais eu aucune assistance médicale immédiate en cas de problème. Léo a vu le jour dans la baignoire. M'installer sur le lit conjugal où je dormais avec Sébastien me semblait de mauvais goût. Jérôme me tenait la main et m'aidait à respirer. Il me disait quand je devais pousser. Il avait étudié tout un tas de tutos et paraissait plus expert que moi qui avais pourtant déjà accouché de jumeaux.

Elle avait changé d'expression et affichait un sourire attendri en se remémorant ce moment.

— Et Sébastien ? Où était-il pendant ce temps ?

Les ténèbres reprirent leur place dans le regard de Marianne.

— Il était dans le séjour. Il avait mis de la musique pour couvrir mes éventuels cris de douleur. De temps en temps, il frappait à la porte de la salle de bain et me sommait d'être plus discrète. Il ne fallait pas que les voisins se doutent de quoi que ce soit. Bernadette Frichon a des yeux et des oreilles partout, vous savez.

— Oui, ça, je l'avais compris. Mais, sur ce coup-là, elle n'y a vu que du feu.

— On est arrivés à tout garder secret. Léo est né à 13 h 35. J'ai refusé de le prendre en photo. J'étais consciente que je n'aurais pas résisté au besoin viscéral de la regarder en permanence si j'avais possédé une image de mon bébé, et ma souffrance n'en aurait été que plus grande. Le soir même, Jérôme l'a installé dans sa coque, rempli sa voiture de couches et de lait en poudre. Il a chargé sa valise où on avait ajouté de minuscules grenouillères et autres vêtements Premier Âge…

Sa voix se mit à trembler au point qu'Amandine eut du mal à comprendre les derniers mots. Mais elle avait saisi l'essentiel. Ce soir-là, alors que le petit Léo n'avait que quelques heures de vie à son actif, Jérôme et le nourrisson avaient disparu pour toujours de celle de Marianne. Engloutis par la nuit épaisse de décembre.

— Je suis désolée, Marianne. Sincèrement désolée.

— Je ne les ai jamais revus. J'ai dû continuer mon quotidien comme si de rien n'était. Ce sont Jade et Gabriel qui m'en ont donné la force.

— Je n'ose pas penser à ce que vous avez dû endurer ces deux dernières années, sachant que vous n'aviez aucun moyen de serrer votre fils cadet dans vos bras…

— C'est une souffrance qu'on ne peut ni raconter ni imaginer sans en diminuer l'intensité. Les mots n'existent pas au-delà d'un certain seuil de douleur. Mais j'essayais de visualiser Jérôme et Léo heureux ensemble quelque part.

— Ils sont ensemble, Marianne, sauf que…

— Et vous vous pointez chez moi aujourd'hui pour m'annoncer que vous avez vu leurs esprits. Vous vous rendez compte de ce que cela signifie pour moi ?!

— Je m'en rends compte et je suis désolée. Mais s'ils me sont apparus, c'est parce qu'ils ont des affaires à régler. Ils doivent nous dire quelque chose, mais je ne sais pas quoi.

— Mais comment sont-ils morts ? Quand ? sanglota de nouveau la mère éplorée.

— Je l'ignore. Avant de sonner à votre porte, je les ai vus et Jérôme a inscrit quelque chose sur la vitre de la lucarne qui devrait être un indice. Mais je n'ai pas compris. Est-ce que le mot « Carnolès » vous parle ? Quel rapport ça peut avoir avec leur décès ?

— « Carnolès », vous dîtes ?

Elle se concentra un moment, mais ne trouvait aucun lien entre la petite ville balnéaire à la périphérie de Menton et la disparition de Jérôme et Léo.

La sonnerie de son portable sortit Marianne de ses réflexions. Amandine eut le temps de voir le nom de Sébastien s'afficher.

Marianne répondit, ponctua simplement le monologue de son mari par des « oui, d'accord » soumis et résignés. Puis, elle raccrocha et ce n'est qu'à ce moment-là qu'elle sembla avoir une illumination. Elle ouvrit grand la bouche, la referma sans avoir parlé, écarquilla les yeux et se retourna vers Amandine.

— Oh mon Dieu ! Je crois que j'ai compris !

— Alors, si vous pouviez m'expliquer ce serait bien, car moi je nage dans le brouillard.

— Sébastien vient de m'appeler pour me dire qu'il ne rentre pas déjeuner à la maison et qu'il arrivera sûrement tard ce soir, car il travaille à la démolition du parking de Carnolès.

— Oui, et alors ?

Marianne tremblait. Elle semblait choquée par ce qu'elle venait de comprendre et Amandine était suspendue à ses lèvres.

— Ça fait quelques jours qu'il a commencé ce chantier et je me demandais pourquoi il était aussi nerveux à ce sujet. Depuis qu'on lui a dit qu'il fallait détruire le parking, il vit sur des charbons ardents. Il a insisté pour s'en occuper lui-même et ne compte pas ses heures.

— Pourquoi doit-on le démolir ?

— Ils ont trouvé des trucs qu'il faut sauvegarder. J'ignore de quoi il s'agit. Des vestiges romains ? Des fossiles d'animaux préhistoriques ? Je n'en sais rien, mais en tout cas le parking est pile dans la zone où les archéologues vont devoir creuser.

— Je vois.

Marianne se servit un verre d'eau qu'elle but d'un trait et en versa un à Amandine, machinalement, sans même lui demander si elle avait soif.

— Le parking de Carnolès avait été construit par l'entreprise de Sébastien il y a deux ans. Vous comprenez ?

Amandine se creusa les méninges, s'efforça de faire tourner tous les engrenages que contenait sa boîte crânienne, mais dut reconnaitre son échec.

— Euh… Non, je suis désolée, mais je ne vous suis pas.

— Il y a deux ans, pile à la période de la naissance de Léo et de la fuite de Jérôme avec notre bébé, Sébastien coulait le béton du parking de Carnolès. Quand il a su qu'il fallait démolir, il est devenu vert de rage, stressé comme je ne l'avais jamais vu. Et il a mis un point d'honneur à s'en occuper lui-même. Vous me dîtes que Jérôme et Léo ne sont plus de ce monde, mais que leurs esprits vous ont contactée pour résoudre une situation restée en suspens et qu'ils vous ont donné en indice le mot « Carnolès ». Qu'est-ce que vous en déduisez ?

— Oh merde ! Je viens de comprendre ! Vous pensez que les corps de Jérôme et Léo pourraient se trouver ensevelis dans les fondations du parking ?

Marianne, au lieu de s'effondrer, se leva d'un bond, au comble de l'agitation.

— On doit y aller ! Il faut le prendre en flagrant délit avant qu'il n'occulte les… les preuves !

— Attendez, on doit faire appel à des témoins. Si on se pointe là-bas toutes les deux, on n'obtiendra rien. Laissez-moi passer quelques coups de fil, et on fonce !

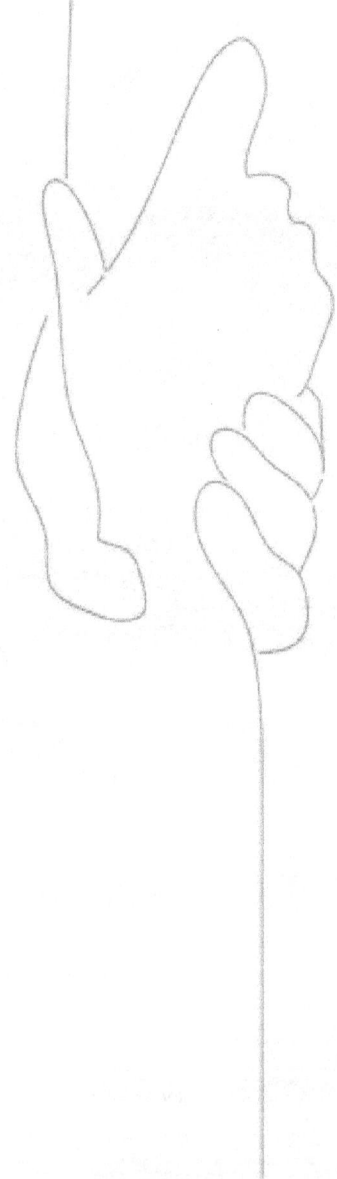

Un troupeau d'anges

Amandine et Marianne avaient rejoint Hortense et Charlotte dans le jardin du lotissement. Après un bref topo sur la situation, les deux ex-belles-sœurs échangèrent un regard entendu et dégainèrent leur téléphone.

Hortense sélectionna Alexandre dans son répertoire. Le répondeur se déclencha au bout de quatre sonneries et elle raccrocha. Elle s'apprêtait à refaire le numéro, mais c'est lui qui la rappela immédiatement.

— Hortense ? Tout va bien ? Comment va Charlotte ?

— Charlotte va très bien. Les maux de ventre ont disparu.

— Ah, tant mieux.

— J'aurais besoin que tu nous rejoignes devant le grand parking de Carnolès. Le plus tôt sera le mieux.

— Mais… Je… Pourquoi ? bafouilla Alexandre.

Un troupeau d'anges passa. Hortense eut la bonté de mettre fin à l'embarras de son époux. Ce n'était pas la priorité du moment.

— Tu es avec elle, n'est-ce pas ? Dis-lui de venir aussi. Plus on sera de témoins, mieux ce sera.

Le troupeau d'anges fit demi-tour.

— Alexandre ? Tu m'entends ?

— Je... Oui. Hortense, je...

— Ce n'est pas le moment. Amandine est avec moi. On doit empêcher un assassin d'occulter les preuves de son crime. Vous voulez nous aider, ta copine et toi ?

— On arrive.

Amandine remercia Hortense d'un regard qui valait plus que mille paroles. Charlotte et Hortense se dirigèrent vers la maison jaune pour demander à Xavier de se joindre à l'équipe. Pendant ce temps, Amandine téléphona à Samuel qui décrocha tout de suite.

— Amandine, tout va bien ?

— Oui. Enfin... Je suis avec Marianne Laroque, la voisine dont je t'ai parlé.

— Je me souviens. Et ?

— C'est compliqué, mais j'aurais besoin de ton aide. Tu pourrais nous rejoindre devant le grand parking de Carnolès, s'il te plait ?

— Celui qu'ils sont en train de démolir ?

— Oui. Je t'expliquerai plus tard, mais c'est important.

— Pas besoin d'explications. J'arrive.

Elle remercia le destin d'avoir mis sur sa route un homme capable d'accourir vers elle, confiant, sans poser de questions. Du coin de l'œil, elle vit Hortense et Charlotte sortir de la maison jaune en compagnie de Xavier à qui elles avaient dû exposer la situation.

— Samuel ?

— Oui ?

— Je… Il y aura Xavier aussi. Je voulais que tu le saches.

— Ce sera une rencontre plus désagréable pour lui que pour moi, non ?

— Oui, confirma-t-elle en souriant.

Elle raccrocha et rejoignit Marianne qui s'impatientait.

— Il faut qu'on règle le problème avant 16 h 30, je dois récupérer les jumeaux à l'école ! s'exclama-t-elle en grimpant dans la Clio d'Amandine.

Xavier fusillait Amandine du regard et elle n'avait aucun doute sur la raison pour laquelle il avait accepté de se joindre à l'équipe pour ce qu'elle appelait l'Oprération Carnolès. Il se doutait qu'il y aurait Samuel et devait avoir l'intention de l'affronter.

Il insista pour prendre sa propre voiture et il embarqua Hortense et Charlotte. Amandine profita du fait que son ex-belle-sœur ne pouvait pas l'entendre pour envoyer un bref message vocal à Estrella dans lequel elle lui expliquait les grandes lignes de la situation.

Ils laissèrent leurs véhicules dans une rue, à proximité du parking, mais assez distante pour rester discrets. Hortense tenait Charlotte par la main. Xavier marchait en retrait, quelques mètres derrière Amandine et une Marianne dont les nerfs commençaient à lâcher. La voiture d'Alexandre grimpa sur le trottoir et s'inventa une place entre un réverbère et un container à ordures. Il descendit de son bolide et défia les regards étonnés du reste de l'équipe.

— Ben quoi ? Quand il y a urgence, on a le droit de s'adonner au hobby du parking créatif, non ? Il me semble l'avoir lu dans le Code civil… Ou pas…

Amandine et Marianne lui sourirent. Hortense, elle, fixait les ballerines qui se posaient sur le pavé devant la portière du passager. Estrella apparut, un peu gênée, mais consciente que la priorité du moment était ailleurs, et prit la parole.

— Je me suis permis de contacter un ami policier qui demandait parfois l'aide de ma mère et de son don avant que sa santé ne se dégrade. C'est le seul qui puisse prendre au sérieux une histoire pareille. Il est prêt à intervenir dès que je lui ferai signe.

— Merci, Estrella, c'est parfait, répondit Amandine.

Alexandre s'approcha d'Hortense.

— Il va falloir qu'on parle quand cette histoire sera réglée.

— Je ne crois pas que tu aies grand-chose à m'apprendre que je ne sache déjà. C'est moi qui risque de te surprendre, mais on en discutera plus tard.

L'Audi de Samuel se faufila dans la ruelle perpendiculaire à la leur, chevauchant elle aussi un morceau de trottoir qui n'était pas prévu à cet effet. Il se précipita vers le groupe et Amandine lui sauta au cou, ignorant complètement le regard noir de Xavier.

— J'ai fait aussi vite que j'ai pu.

Elle déposa un baiser sur ses lèvres et écarta une boucle rebelle devant ses yeux.

— Merci. On y va ! lança-t-elle au reste de la troupe.

La haie de laurier-palme

L'improbable équipe longea la rue qui menait au parking. Le rugissement des pelleteuses résonnait, menaçant, rebondissant d'un immeuble à l'autre. Ils arrivèrent à proximité du chantier et se dissimulèrent derrière une grande haie de laurier-palme, qui leur permettait d'observer sans se faire repérer.

— Je n'y connais pas grand-chose, mais il me semble qu'il y a encore pas mal de boulot avant qu'ils ne s'attaquent aux fondations, fit remarquer Samuel.

— Oui, ça risque de durer jusqu'à la nuit, confirma Alexandre.

— En tout cas, Sébastien a prévu de casser le béton des fondations avant demain. Sinon, il n'aurait pas insisté pour être présent en continu sur le chantier aujourd'hui. Il flippe à l'idée que quelqu'un d'autre puisse découvrir le pot aux roses, ponctua Marianne.

— Si on doit rester ici jusqu'à ce soir, je me porte volontaire pour aller acheter des sandwiches. Proposa Samuel. Il est

13 h 30 et je n'ai encore rien avalé. Vous n'avez pas faim, vous ?

— Je viens avec toi ! s'offrit Alexandre.

Xavier lança à son frère son regard le plus sombre, mais ce dernier l'ignora.

Samuel et Alexandre s'éclipsèrent et partirent à la recherche d'un snack où se procurer une réserve d'encas. Les autres restèrent groupés derrière la haie, concentrés sur les engins qui sévissaient en contrebas. Un monstre d'acier pulvérisait les cloisons du parking couvert pendant qu'un deuxième ramassait les gravats pour les déverser dans une énorme benne.

Marianne repéra Sébastien qui agitait les bras, son casque jaune vissé sur la tête, pour donner des ordres aux conducteurs des camions. Même à cette distance, elle sentait qu'il était nerveux. À travers les feuilles de laurier-palme, elle observait avec dégout cet homme qu'elle avait pourtant aimé autrefois, mais qui avait fini par lui gâcher la vie. Un assassin. Elle en était convaincue. Tous les éléments collaient à la perfection. Il s'était débarrassé de Jérôme et Léo. Elle respira profondément et tenta de garder son calme. Ce n'était pas le moment de craquer. Elle le devait à Jérôme et au bébé. Elle devait rétablir la justice, même si elle avait conscience que ça ne les ferait pas revenir.

Xavier s'approcha d'Amandine qui eut spontanément un mouvement de recul.

— Mandy, alors tu as pris ta décision ? C'est vraiment fini ? Tu es sûre que c'est ce que tu veux ? demande-t-il sur un ton d'une douceur forcée.

— On aurait dû la prendre il y a bien longtemps.

— Je ne savais pas que tu étais si malheureuse avec moi. Et là, je vois ton regard pétillant quand tes yeux se posent sur ce mec... dit-il avec une moue de dégout en indiquant du menton la direction qu'avait pris Samuel.

— C'est ça le problème, Xavier. Tu ne t'apercevais pas que ça n'allait pas parce que tu n'as simplement jamais vraiment pris en compte mes sentiments. Tu voulais sauver les apparences. En réalité, tu as toujours mal vécu le fait que tes parents n'approuvent pas notre histoire. Mais l'influence que tu avais sur moi te donnait une illusion de toute-puissance. Le pouvoir dont tu rêves tant, l'importance que tu n'as jamais eue au sein de ta famille.

— Ce mec t'a complètement monté la tête ! Dès qu'il revient avec ses sandwiches, je m'occupe de son cas ! On doit régler ça entre hommes !

— Xavier, on n'est plus au temps des duels et, crois-moi, je ne m'en sentirais même pas flattée. Laisse Samuel en dehors de ça. Tu dois comprendre que je t'ai quitté parce que je ne supportais plus ce qu'était devenu notre couple et la manière dont tu me traitais. J'aurais fini par le faire même si je ne l'avais pas rencontré. Ça aurait peut-être pris plus de temps, mais tôt ou tard, je l'aurais fait. Maintenant, tu es libre de trouver une compagne qui correspond mieux au style des Briand. Moi, j'ai assez donné. Je suis fatiguée de devoir faire semblant, de vivre en me sentant inadaptée au monde dans lequel je dois évoluer. Je souhaite être moi-même, enfin.

— Et avec ce mec-là, tu es toi-même ?

Amandine acquiesça.

— Ça fait longtemps que ça dure ?

— Xavier, il ne s'était rien passé jusqu'à ce que je décide de quitter la maison et de te quitter toi, si c'est ce que tu veux savoir. J'ai essayé d'être honnête avec toi, avec lui et surtout avec moi-même.

— La villa jaune est vide sans toi. Il va me falloir du temps, je crois, pour m'y habituer, lâcha-t-il, la tendresse étant la dernière arme qu'il pouvait tenter d'utiliser.

— Xavier, au fond, tu sais très bien que c'est mieux pour toi aussi. Tu passais ta vie à ménager la chèvre et le chou, à jongler entre tes parents et moi, sans pouvoir jamais baisser la garde. Tu vivras plus serein, maintenant. Et je suis sûre que tu finiras par rencontrer une femme faite pour toi.

— Comme si c'était simple… En tout cas, si tu te lasses de ce guignol, ma porte est ouverte, ajouta-t-il en lançant un regard haineux au jeune infirmier qui rejoignait le groupe.

Alexandre et Samuel réintégrèrent les rangs de l'équipe avec deux grands sacs pleins de sandwiches et de bouteilles d'eau minérale. L'après-midi risquait d'être long, mais au moins ils auraient de quoi boire et manger.

Samuel fit mine de ne pas s'apercevoir qu'ils interrompaient une conversation entre Amandine et Xavier qui s'était mis un peu à l'écart. Il demanda simplement à Amandine :

— Ça va ?

Pour toute réponse, elle lui prit la main et posa la tête sur son épaule. Il passa un bras autour de sa taille sans un regard pour Xavier qui avait rejoint Hortense et Charlotte quelques mètres plus loin.

Marianne ne quittait pas des yeux le chantier en contrebas. Elle suivait chaque mouvement de Sébastien, chaque manœuvre des engins qui pulvérisaient et ramassaient ce qui avait été le grand parking de Carnolès. Elle n'entendait même plus le vacarme que produisaient la pelleteuse, le camion et la grue, comme hypnotisée, consciente que chaque bloc qui s'effondrait la rapprochait de l'instant fatidique où elle assisterait à la découverte des horreurs commises par Sébastien.

Pendant qu'Estrella échangeait quelques mots avec Amandine au sujet du don, Alexandre posa une main sur l'épaule d'Hortense. Elle se retourna et soutint son regard.

— Charlotte, tu veux bien rejoindre tatie Mandy s'il te plait ? Ton papa et moi devons parler un moment.

La fillette obéit sans broncher et alla se coller aux jambes d'Amandine qui était justement en train de demander à Estrella comment il était possible que sa nièce possédât déjà le don aussi jeune.

— Hortense, j'ignore comment tu l'as appris, mais je suis désolé. Désolé surtout de t'avoir menti pendant tout ce temps. On savait bien, toi et moi, que notre mariage était une mascarade, mais on aurait dû jouer cartes sur table.

— Je suis au courant depuis le début, je crois. Depuis le soir, il y a environ un an, où tu es rentré du travail avec un sourire béat sur les lèvres que tu n'arrivais pas à dissimuler. J'ai enquêté. J'ai découvert qui elle était et j'ai tout de suite compris qu'elle était faite pour toi beaucoup plus que je ne le suis. Je précise « pour toi » et non « pour tes parents ».

Alexandre se sentait submergé par la culpabilité, mais tentait de ne pas baisser les yeux sur ses chaussures vernies.

— Pourquoi tu n'as rien dit si tu le savais ?

— Comme je te l'ai expliqué : j'avais conscience que tu n'aurais pas hésité si je t'avais demandé de choisir entre elle et moi. Alors j'ai préféré garder ma position confortable le plus longtemps possible. J'essayais de le considérer comme un dédommagement bien mérité. J'acceptais que tu me trompes, et en échange tu m'entretenais et me passais tous mes caprices de nouvelle riche.

— Et tu viens de réaliser ça ? Tu as changé d'avis ?

— Je n'ai pas toujours été honnête avec toi non plus. Surtout au sujet de mes origines.

— C'est vrai. On aurait dû être plus transparents tous les deux. Qu'est-ce qui t'a fait prendre conscience de ça ?

— Ma mère.

— Oui, Amandine m'a raconté qu'elle avait vu… euh… son âme, comme elle dit.

— Et c'est la vérité. Elle m'a rapporté des détails qu'elle n'aurait pas pu connaitre si ma défunte mère ne les lui avait pas fournis. Et le message qu'elle m'a transmis par Amandine m'a donné beaucoup à réfléchir.

— Et ?

— Et je crois que le moment est venu de tomber les masques et d'être nous-mêmes. On n'a qu'une vie. Les apparences se fanent, les sentiments feints s'étiolent dans leur bulle de cristal. On a besoin de vivre en mordant chaque jour où le soleil se lève. Sans faire semblant. Sans maitriser le regard d'autrui. Il y a urgence de lâcher prise. Et ça, on doit le faire séparément, toi et moi.

— Tu veux dire que…

— Que je te rends ta liberté, Alexandre. Je t'accorde le divorce. Tu pourras assumer au grand jour ton histoire avec Estrella Romero. Quant à moi, je serai libérée de ce personnage que j'ai dû interpréter toutes ces années. Si tu es sûr de pouvoir porter le poids de cette décision devant tes parents, bien entendu...

Alexandre, oscillant entre la joie, le soulagement et l'incrédulité, serra Hortense dans ses bras pour la dernière fois. Elle fut plutôt surprise par ce geste qui n'avait jamais été leur pain quotidien pendant toute la durée de leur mariage factice, mais se laissa faire.

— Bien sûr, il faudra nous mettre d'accord pour continuer à gérer ensemble l'éducation de Charlotte et Clotilde, ajouta-t-elle en s'écartant de lui, un peu mal à l'aise tout de même.

— Évidemment. Surtout après ce que nous venons de découvrir sur Charlotte. Elle aura besoin de soutien. Estrella dit que ce n'est pas facile de vivre avec le don même pour les adultes, et c'est la première fois qu'elle voit une enfant qui le possède déjà si jeune.

— On sera là. Et je pense qu'Amandine le sera aussi, même si elle ne sera plus vraiment notre belle-sœur ni la tante de nos filles.

— Il y a des liens qui valent plus qu'une alliance. D'ailleurs, Xavier et Amandine n'étaient pas mariés officiellement. Mais à propos d'enfants, qui est censé aller chercher Clotilde à l'école ? Parce qu'il est 16 h 05…

Une tornade d'effroi traversa les yeux d'Hortense.

— Oh mon Dieu ! Je suis une mère horrible !

— Attends, j'appelle la mienne. Elle ira la récupérer. Elle fera bien ça pour toi. Pour l'instant, tu es encore sa belle-fille préférée, tu sais…

Hortense esquissa un sourire sans filtre.

__ Oui. Pas pour longtemps.

Le problème se posa également pour Marianne qui n'avait pas prévu que l'expédition durerait autant et devait aller chercher Jade et Gabriel à l'école de Garavan.

— Pas de panique ! la rassura Amandine. J'ai le numéro de Farid. Je peux lui demander si sa femme peut récupérer les jumeaux en allant chercher leurs enfants. Ils fréquentent la même école, n'est-ce pas ?

Marianne parut gênée.

— C'est que... Je n'ai pas toujours été courtoise avec les Elbakri. Nous ne sommes pas en très bons termes. Disons que j'avais tendance à tout faire pour éloigner les gens de moi et de ma famille par crainte qu'ils ne découvrent la triste vie que je menais avec Sébastien...

— Ne vous inquiétez pas, moi, je m'entends très bien avec Farid Elbakri. Je vais l'appeler. Vous, prévenez l'école que vous l'autorisez à prélever vos enfants.

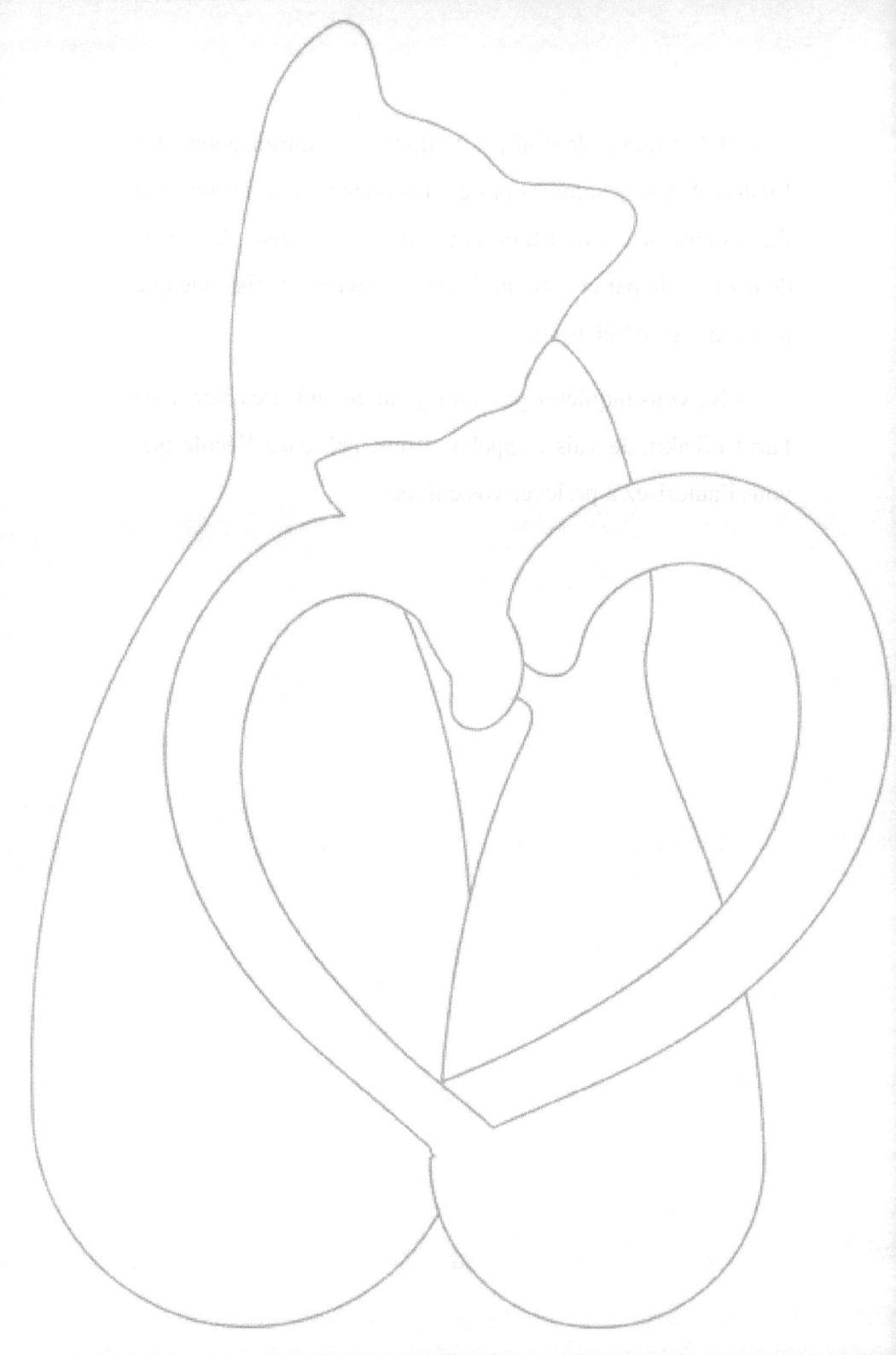

Les échos-barrières

Le campanile de Carnolès sonna sept coups et sortit les huit membres de l'improbable équipe de l'état de somnolence où ils avaient sombré petit à petit, affalés à même les pavés du trottoir. C'est Samuel qui réalisa que le vrombissement des engins n'avait pas couvert le son clair et précis des cloches de bronze qui venaient de tinter.

— Ils ont coupé les moteurs ! s'exclama-t-il.

Ils se remirent debout et huit paires d'yeux se frayèrent un passage entre les feuilles de la haie de laurier. En effet, Sébastien serrait la main à ses ouvriers qui étaient descendus de leurs monstres d'acier.

— Merci les gars, rentrez chez vous, il est tard. Je vais finir moi-même, l'entendirent-ils annoncer aux trois travailleurs qui ne se firent pas prier pour déguerpir.

Sébastien se retrouva seul au milieu des ruines du parking. Il scruta la pénombre qui avait repris ses droits tout autour de lui, le chantier étant désormais privé de la lumière des phares des engins. Il observa à droite, à gauche et derrière lui. Il semblait s'assurer qu'il était, à présent, tout à fait à l'abri des regards. Puis, il alluma la lampe frontale de son casque, tel un troisième œil qui brillait, géant et menaçant, et jaillissait du haut de son crâne.

Xavier eut le réflexe de soutenir Marianne dont les jambes flanchèrent sans crier gare. L'émotion était trop forte. Le moment qu'ils avaient attendu tout l'après-midi était enfin arrivé.

Ils virent Sébastien disparaitre à l'arrière de son fourgon et en ressortir avec une barrière recouverte d'un panneau vert. Il la positionna sur la partie des fondations qui jouxtait le mur de soutènement au-dessus duquel Marianne et son équipe étaient postées. Il fit de même avec une deuxième barrière. Puis une troisième. Il semblait délimiter une zone qui avait l'air plutôt précise.

— Mais qu'est-ce qu'il fabrique ? s'enquit Hortense.

— On n'y voit plus rien avec ces barrières ! Comment on va faire pour savoir quand ce sera le moment d'intervenir ? s'énerva Amandine.

— Ce sont des écho-barrières, expliqua Marianne qui, en quatorze ans de mariage, avait acquis quelques connaissances dans le secteur du bâtiment. En théorie, ça sert à atténuer le bruit du marteau-piqueur ou d'un quelconque outil qui émet trop de décibels. Dans notre cas, ça va aussi lui être utile pour dissimuler ce qu'il a l'intention de faire là derrière...

De leur poste d'observation, ils n'apercevaient plus, désormais, que le casque jaune de Sébastien.

— Comment on va faire pour savoir quand je devrai alerter mon ami policier ? s'inquiéta Estrella.

— Regardez ! Il y a quelqu'un derrière les barrières ! s'écria Charlotte.

— Où ça ? demanda Hortense à sa fille.

— Là ! Il y a le coude de quelqu'un qui dépasse !

Les sept adultes se regroupèrent derrière la fillette pour tenter de suivre l'axe qu'elle indiquait de l'index.

— Je n'aperçois personne, se désola Alexandre.

Seule Amandine comprit exactement ce à quoi sa nièce faisait allusion. Elle passa un bras autour des épaules de Charlotte.

— Je le vois aussi, ma puce.

La petite fille leva des yeux inquiets vers sa tatie Mandy.

— Il n'apparait qu'à nous, c'est ça ?

Xavier, Alexandre, Samuel, Marianne, Estrella et Hortense s'écartèrent pour laisser les deux détentrices du don opérer à leur aise.

— Qu'est-ce que vous voyez exactement ? interrogea Samuel, curieux.

— L'âme de Jérôme Sevrard. Ou plutôt une partie. Il se tient debout derrière l'enceinte de barrières créée par Sébastien. Il se déplace lentement et le côté gauche de son corps n'est plus caché par les écho-barrières.

Xavier, incrédule, continuait à ouvrir et refermer la bouche, incapable de formuler la question qui lui brûlait les lèvres. Il tenta enfin :

— Tu veux dire qu'au fur et à mesure que Laroque extrait les victimes du béton des fondations, leurs âmes vous apparaissent ?

— C'est certainement ça, oui ! confirma Estrella. Ils nous donnent un coup de main, car ils ont compris que de là où nous sommes nous ne pouvons pas suivre l'avancée de cette terrible exhumation.

— Wow ! s'exclama Alexandre. C'est dingue cette histoire !

— Mais, vous les voyez COMMENT ? chuchota Hortense à l'oreille d'Amandine d'un fil de voix où transparaissait une réelle préoccupation.

Cette dernière saisit parfaitement où son ex-belle-sœur voulait en venir.

— Ne t'inquiète pas. Nous, on observe simplement un père et son petit garçon, debout, qui se tiennent la main. Aucune vision traumatisante.

Hortense, soulagée que Charlotte ne soit pas en train d'assister à une scène d'horreur dont elle était incapable de la protéger, remercia Amandine d'un signe de tête.

Il n'y avait désormais plus que le côté gauche du petit corps de Léo qui était encore dissimulé par les barrières. Sébastien devait se rapprocher du but. Il fallait intervenir avant qu'il ne parvienne à faire disparaitre les preuves de son crime.

— Estrella, tu peux appeler ton ami policier, déclara Amandine.

Insaisissable

L'inspecteur Mussot avait décroché dès la première sonnerie et assuré à Estrella qu'il serait arrivé sur place avec son coéquipier moins de dix minutes plus tard.

Charlotte et Amandine pouvaient voir distinctement Jérôme Sevrard et le petit Léo. Ils se tenaient par la main et semblaient observer Sébastien par-dessus les barricades. Ce dernier déplaça de quelques dizaines de centimètres l'une des barrières pour se faufiler hors de la clôture antibruit qu'il avait dressée. Il n'avait aucune idée des huit regards braqués sur lui, se dirigea vers son fourgon et grimpa à l'arrière.

— Qu'est-ce qu'il fabrique ? s'enquit Xavier.

— On dirait un rouleau de sacs poubelles. De ces grands sacs noirs ultrarésistants qu'on peut utiliser pour transporter… Alexandre ne savait pas comment terminer sa phrase pour ne pas heurter la sensibilité de Marianne qui n'en menait pas large.

— Il veut faire disparaitre ce qu'il reste de Jérôme et Léo dans des sacs poubelles ! cria-t-elle, en proie à une légitime crise de nerfs.

En contrebas, Sébastien avait dû entendre cet éclat de voix, car il scruta la nuit autour de lui pour en identifier la provenance. Ne voyant rien ni personne, il finit par se remettre au travail. Il disparut de nouveau dans l'enceinte d'écho-barrières qui abritait sa macabre besogne.

— On n'a plus le temps d'attendre les flics, là ! s'exclama Samuel. On doit intervenir et le bloquer tout de suite !

Ignorant l'air interloqué de ses coéquipiers, il contourna la haie de lauriers, puis dévala la rampe d'escalier qui menait aux vestiges du parking. Xavier, craignant certainement de paraitre moins viril et téméraire que son rival, lui emboîta le pas. Sorti de quelques secondes de torpeur, Alexandre les suivit. Arrivés en bas, les trois hommes fondirent sur Sébastien qui, pris au dépourvu, n'eut pas le réflexe de fuir.

Tout se passa très vite. Samuel et Xavier, tout en se lançant des regards assassins, l'immobilisèrent, les mains derrière le dos. Alexandre réprima un haut-le-cœur en découvrant les restes humains qui avaient été extirpés en kit de la carcasse d'une Scénic encastrée dans le béton. Il s'éloigna de quelques mètres pour faire signe à l'inspecteur Mussot qui venait d'arriver, sirènes hurlantes et gyrophares virevoltants. Il fit un geste dissuasif à Amandine, restée en haut avec Marianne, pour lui conseiller de ne pas laisser descendre cette dernière sur le lieu du crime. Il valait mieux lui épargner cette vision macabre.

Mussot et son coéquipier passèrent les menottes à un Sébastien Laroque résigné, qui n'essaya pas de nier l'évidence, conscient que ça aurait été inutile. Ils appelèrent la police scientifique qui ne tarda pas à débarquer. Après avoir délimité la zone, ils commencèrent à mitrailler de flashes la triste scène et à effectuer les prélèvements de routine. Les policiers remercièrent l'équipe de civils qui avait fait un travail extraordinaire et leur intima de rentrer chez eux, mais de rester à disposition pour d'éventuels interrogatoires.

Amandine, qui avait réussi l'exploit de convaincre Marianne de ne pas descendre sur le chantier, la raccompagna au lotissement après avoir promis à Samuel qu'elle l'aurait rejoint chez lui un peu plus tard.

Elle se gara devant la maison verte et aida Marianne qui, les mains tremblantes du trop-plein d'émotions, ne parvenait pas même à insérer la clef dans la serrure.

— Merci pour ton aide, Xavier ! lança-t-elle en l'apercevant qui entrait seul dans la villa voisine.

Dans la pénombre, elle le vit lui adresser un geste qui devait signifier quelque chose du genre « pas de quoi », puis il ajouta :

— Mandy, j'ai réfléchi et je n'ai pas l'intention de me prosterner à tes pieds éternellement. Ce soir, c'est ta dernière chance. Après avoir ramené Marianne, si tu décides de me rejoindre, on oublie tout et on repart sur de bonnes bases. Si tu retournes chez cet enfoiré d'infirmier, tu peux mettre une croix sur mon pardon.

Amandine avança de quelques pas dans sa direction pour vaincre l'obstacle de l'obscurité et le regarder droit dans les yeux.

— Je n'attends pas de toi que tu te prosternes, ni même que tu me pardonnes. Toi et moi, c'est terminé, Xavier.

Elle rejoignit Marianne, entra avec elle, la fit asseoir sur le divan et disparut dans la cuisine lui chercher un peu d'eau.

— Ça va aller ?

— Oui. Je crois que oui, bafouilla-t-elle.

Alors qu'Amandine se retournait après avoir reposé sur la table basse le verre que Marianne avait vidé d'un trait, elle s'arrêta net. Le parfum entêtant de la coriandre fraîche avait envahi le séjour et Jérôme et Léo Sevrard se trouvaient sur le sofa, de part et d'autre de Marianne.

Amandine s'apprêtait à le lui dire, mais elle n'en eut pas besoin. Elle lut dans le regard de la jeune femme que, même si elle ne les voyait pas, elle sentait leur présence.

Jérôme lui caressa tendrement la joue et Marianne porta une main à son visage, comme pour retenir cette sensation à la fois chaude et irréelle. Le petit Léo posa sa tignasse noire ébouriffée sur le sein maternel et des torrents de larmes silencieuses débordèrent des paupières closes. Elle se laissa submerger par cette vague enveloppante d'amour aussi intense qu'insaisissable.

— Je vous aime, murmura-t-elle.

Amandine attendit de voir les âmes de l'homme et de l'enfant se dissoudre et disparaitre tout à fait, abandonnant Marianne avec les bras vides, mais le cœur plein.

— Vous leur avez rendu justice. Ils sont libres, maintenant.

— Oui, et c'est grâce à vous, Amandine. Merci.

— Vous voulez que j'appelle Farid pour qu'il vous ramène les jumeaux ? Vous êtes prête ?

— Je vais aller moi-même les récupérer. Les Elbakri en ont déjà trop fait et je ne souhaite pas les déranger davantage. Et puis, je leur dois des excuses.

Elles sortirent ensemble dans la nuit fraîche et humide de janvier. Marianne prit le chemin de la maison violette dont les fenêtres émanaient une lumière chaude et accueillante. Amandine se remit au volant de sa Clio et, le cœur plus léger, se lança en direction de son nouveau chez elle. Son port d'attache. Son lieu sûr. Les bras de Samuel.

Champs de granit

Deux mois plus tard...

Marianne avait libéré ses longs cheveux roux du joug de leur éternelle queue de cheval et avait poussé la coquetterie jusqu'à appliquer une fine couche de gloss transparent sur ses lèvres.

Elle caressa du plat de la main le bois poli du montant de la lucarne des combles et sourit en apercevant, en contrebas dans le jardin commun du lotissement, Jade et Gabriel qui gambadaient, insouciants.

Elle remarqua le regard bienveillant de Bernadette Frichon qui, assise sur un banc, une assiette de sablés sur les genoux, observait la course folle des jumeaux qui jouaient avec Medhi, Noham et Inès Elbakri.

Elle recula jusqu'à l'ouverture et se faufila dans le trou en faisant attention à bien poser les pieds sur les minces barreaux de l'échelle.

Lorsque la sonnerie de l'interphone retentit, elle referma précipitamment la trappe et appuya l'escabeau contre le mur du couloir. En passant devant le miroir du buffet, elle se surprit à réajuster quelques mèches de cheveux et à lisser les plis de son chemisier avant d'aller ouvrir la porte. Sur le perron, Claude Roussel lui adressa un sourire chaleureux et sincère. Elle remarqua que son voisin s'était mis sur son trente-et-un et que, malgré sa carrure imposante, la chemise et le veston lui allaient plutôt bien.

— Tu es prête ? demanda-t-il simplement.

Elle lui rendit son sourire.

— Oui, répondit-elle en enfilant son trench.

Ils se dirigèrent vers la voiture de Claude, garée quelques mètres plus loin.

— Tu es très en beauté, aujourd'hui, osa-t-il.

Cette phrase un peu maladroite — à laquelle n'importe quelle femme aurait rétorqué, vexée, qu'elle était désolée pour les autres jours où elle ne ressemblait, visiblement, à rien — eut sur Marianne, peu habituée aux compliments, un certain effet.

Ses joues s'empourprèrent et elle eut l'impression que ses taches de rousseur se mettaient à clignoter frénétiquement.

— Merci, bredouilla-t-elle. Toi aussi tu es particulièrement élégant.

Madame Frichon, dont l'ouïe n'était apparemment pas atténuée par l'âge, arqua un sourcil depuis le banc duquel elle tenait les cinq gamins sous haute surveillance. Elle adressa à Marianne un sourire aussi malicieux qu'amical.

— Nous serons de retour dans une heure maximum ! lança cette dernière, les pommettes en feu.

— Pas de problème ! Prenez votre temps ! Je ne quitterai pas des yeux vos bambins ! répliqua Bernadette.

Le trajet en voiture ne dura que douze petites minutes, mais Marianne put remarquer les regards à la fois charmeurs et embarrassés que lui adressait Claude. La tentation de reluquer les quelques centimètres de cuisse gainée dans un bas couleur chair que les pans du trench laissaient entrevoir était forte et, malgré les efforts de Claude pour résister, Marianne n'était pas dupe.

Il se gara dans l'allée bordée de cyprès, le long du mur d'enceinte du cimetière et, en grand gentleman improvisé, se précipita sur le trottoir pour ouvrir la portière de la jeune femme. Plutôt sensible à cet élan de galanterie, elle le remercia et s'accrocha au bras qu'il lui tendait.

Ils pénétrèrent dans le champ de pierres tombales, se frayèrent un chemin entre les blocs de granit et les plaques de marbre et s'arrêtèrent devant un caveau assez modeste, mais recouvert de marques d'amour. Au beau milieu de cette immensité de nuances grises et noires, s'élevait l'ultime demeure de deux êtres chers au cœur de Marianne, forte en couleurs tel un champ de coquelicots vu du ciel.

Sous les inscriptions « Jérôme Sevrard 5/08/1982 – 16/01/2021 » et « Léo Sevrard 16/01/2021 – 16/01/2021 » étaient amoncelées des dizaines de bouquets et de plantes. Témoignages d'affection des personnes à qui il avait fallu expliquer cette histoire surprenante et tragique, et qui avaient tenu à être présentes aux côtés de Marianne lorsque, une semaine plus tôt, elle avait enfin été autorisée à donner à Jérôme et Léo une digne sépulture.

Marianne et Claude s'accroupirent devant la plaque où, n'ayant pas de photographie du petit Léo, un dessin stylisé représentant un père tenant son fils par la main avait été réalisé au-dessus des tristes dates.

— Vous pouvez reposer en paix, maintenant, murmura Marianne, la voix chargée d'émotion. Sébastien a été arrêté. Il paiera pour le mal qu'il nous a fait, pour le bonheur qu'il nous a volé.

Claude Roussel passa un bras autour des épaules de la jeune femme et s'adressa lui aussi au bloc de granit :

— Je prendrai soin d'elle, mon pote, je te le promets.

Diamant noir

Amandine, en tenue d'Ève, séchait sa chevelure cuivrée devant le grand miroir de la coquette salle de bain, à l'étage de la petite maison en pierres apparentes où elle avait emménagé avec Samuel quelques semaines plus tôt. Nichée dans un écrin de pins maritimes, au cœur de l'arrière-pays mentonnais, cette maisonnette avait tout de suite été identifiée par les tourtereaux comme le coin de paradis parfait pour abriter leur amour.

Son éternel pendentif étincelait entre ses seins et renvoyait des éclats dorés aux quatre coins de la pièce. Elle enfila un jean et un pull échancré couleur moutarde et entreprenait de peigner ses cils à coup de mascara lorsque Samuel fit irruption dans la salle de bain sans prendre la peine de frapper. Cette intrusion qui, faite par Xavier, aurait eu le don de la mettre en pétard, fut étrangement bien accueillie. Il se plaça derrière elle, l'entoura de ses bras et déposa un baiser au creux de son cou.

— Tu es prête ? Nos invités ne vont pas tarder.

— J'ai presque fini de me faire belle, minauda-t-elle.

— Plus belle que ça, ce serait trop ! répliqua Samuel entre ses fossettes.

Par la fenêtre embuée, ils aperçurent la lueur des phares de la voiture d'Alexandre qui se garait dans la cour et descendirent ouvrir la porte. Une rafale de vent glacé s'engouffra dans l'entrée et Alexandre et Estrella se précipitèrent à l'intérieur en grelotant.

— Venez vous réchauffer au coin du feu ! s'exclama Samuel en indiquant fièrement la cheminée qui trônait dans la salle à manger, point fort de l'atmosphère rustique de leur maisonnette.

Quelques minutes devant l'âtre crépitant suffirent à Alexandre et Estrella pour cesser de trembler comme des feuilles. Ils prirent place autour de la table ronde dressée avec soin par Amandine, et Samuel versa dans les verres à ballon un vin rouge dont il s'empressa de préciser qu'il provenait de la région natale d'Amandine.

— C'est un « Diamant Noir », ils le produisent dans le village de Vinsobres, à quelques kilomètres de Vaison-la-Romaine.

Après quelques gorgées du divin breuvage, les joues des invités s'empourprèrent légèrement, reléguant au rang de mauvais souvenirs les rafales qui leur avaient glacé les os.

— Comment ça va, vous deux ? s'enquit Amandine.

Alexandre reposa son verre et un sourire radieux éclaira son visage.

— Le bonheur ! s'exclama-t-il.

— On a presque terminé le déménagement, ajouta Estrella. Plus que quelques cartons à déballer, et on sera prêts à vous accueillir à notre tour dans notre nid d'amour !

— Vous nous en voyez ravis ! Vous rayonnez ensemble, les félicita Samuel.

L'avocat posa sa main sur celle d'Estrella.

— Oui, je n'aurais jamais cru connaitre ça un jour.

— Il suffisait que tu t'autorises à le vivre, lança Amandine, appuyant d'un clin d'œil son propos.

— Tu en sais quelque chose ! répliqua son ex-beau-frère.

— C'est vrai, admit-elle. Tu as des nouvelles de Xavier ? Il va bien ?

— On ne peut mieux ! Tu n'es pas arrivée à lui briser le cœur, jeune fille ! plaisanta Alexandre.

— Ce n'était pas mon intention, se défendit Amandine.

— Je sais bien, je te taquine. Mon frère se porte bien, il digère tout doucement votre rupture même si ce n'est pas facile. Il m'a volé la vedette en devenant officiellement le nouveau fils préféré de nos parents. Maintenant, je suis le méchant, celui en phase de divorce, la honte de la famille. Et Xavier est celui qui a su reprendre sa vie en main. Évidemment, il leur a dit que c'était lui qui t'avait quittée, car il avait compris que tu n'étais pas faite pour lui !

Amandine s'esclaffa.

— Parfait ! Au moins une bonne nouvelle pour lui ! Et toi ? Tu ne vis pas trop mal de ne plus être le fils prodige ?

— Tu plaisantes !? Ça me fait des vacances !

Amandine lança un regard gêné à Estrella, mais osa tout de même :

— Et Hortense ? Ça va ?

— Très bien. Elle est en train de vivre comme une deuxième naissance. On se croise tous les week-ends, car on a la garde alternée de Charlotte et Clotilde. Je la trouve beaucoup plus épanouie dans sa nouvelle vie.

— C'est parfait tout ça ! se réjouit Samuel en posant devant eux un civet de sanglier à l'odeur plus qu'alléchante.

— C'est lui qui l'a cuisiné ! annonça fièrement Amandine en adressant à son amoureux un regard admiratif. Il a passé l'après-midi aux fourneaux !

— Ça a l'air délicieux, dit Estrella en étalant soigneusement sur ses genoux la serviette de table rouge et blanc.

Elle ferma les yeux et huma avec délectation le doux fumet qui s'élevait au-dessus du plat avant de reprendre :

— Amandine, je dois te remercier. Ma mère, dans un de ses rares moments de lucidité, m'a dit que tu avais accepté de l'aider avec les âmes qui peuplent la clinique.

— Oui, ça fait plusieurs mois qu'elle tente de me solliciter. Mais, au début, je t'avoue que ça me faisait plutôt peur. Je lui ai promis d'essayer de résoudre quelques cas avec elle lors de mes visites à mamie Josette.

Le regard de la jeune femme se couvrit d'un voile sombre et Estrella demanda :

— Comment va ta grand-mère ?

— C'est très dur. Samuel m'a expliqué qu'il s'agit du dernier stade, celui où adviendra la tombée de rideau. Elle ne me reconnait plus du tout, n'a aucune idée du lieu où elle se trouve, et ne parvient même plus à exécuter les gestes les plus anodins. Elle ne marche plus et on doit l'aider à manger. Sans compter que…

Sa voix s'étrangla dans sa gorge. Elle avala une rasade de « Diamant Noir », inspira un grand coup et reprit :

— Les « fausses routes » peuvent survenir à tout moment.

— Les « fausses routes » ? Excuse mon ignorance, mais qu'est-ce que c'est ? demanda Alexandre.

Voyant Amandine particulièrement secouée, c'est Samuel qui entreprit d'expliquer :

— Les patients Alzheimer au stade sévère, le dernier, courent le risque d'avaler de travers. Les problèmes de déglutition sont très fréquents. La maladie fait « oublier » jusqu'à ce réflexe qui nous semble si naturel. Souvent, les aliments font « fausse route » et se retrouvent dans les voies respiratoires.

— C'est une cause courante de décès chez les personnes atteintes de cette merde d'Alzheimer, ajouta Amandine.

Estrella tendit le bras au-dessus de la table pour poser une main délicate sur celui de sa nouvelle amie. Ses lèvres restèrent serrées sur un silence respectueux. Elle savait bien qu'elle devrait, elle aussi, un jour ou l'autre, affronter cette étape avec sa maman.

Au bras de Charles

Novembre 2023

Hier encore j'avais vingt ans, je caressais le temps

J'ai joué de la vie

Comme on joue de l'amour et je vivais la nuit

Sans compter sur mes jours qui fuyaient dans le temps

J'ai fait tant de projets qui sont restés en l'air

J'ai fondé tant d'espoirs qui se sont envolés

Que je reste perdu, ne sachant où aller

Les yeux cherchant le ciel, mais le cœur mis en terre[4]

Le château qui dominait la vieille ville de Vaison-la-Romaine semblait plus gris que d'accoutumée, comme recouvert d'une patine de tristesse. Il s'élevait vers le ciel, surplombant la cité, et paraissait fixer de ses yeux de pierre le

---

[4] Tous les passages en italique de ce chapitre sont des extraits de la chanson "Hier encore", Charles Aznavour, 1964.

champ de parapluies noirs en contrebas. Sous ces derniers, une horde de visages mornes et de manteaux sombres étaient venus accompagner Josette Audibert, née Darbinyan, dans sa dernière demeure.

Le Mistral s'était calmé, résigné, respectueux du moment de recueillement. Seule une pluie fine s'abattait en gouttelettes mélancoliques sur le cimetière de Vaison.

Un enterrement laïque, à l'image de ce qu'avait été mamie Josette avant que la maladie n'emporte jusqu'à la dernière trace de sa personnalité.

La voix du grand Charles retentissait, troublante, lestant de chaleur et d'émotion l'air humide de novembre.

Hier encore, j'avais vingt ans, je gaspillais le temps

En croyant l'arrêter

Et pour le retenir, même le devancer

Je n'ai fait que courir et me suis essoufflé

Ignorant le passé, conjuguant au futur

Je précédais de Moi toute conversation

Et donnais mon avis que je voulais le bon

Pour critiquer le monde avec désinvolture

Amandine, au premier rang, fit quelques pas en avant, sortant de la coupole protectrice du parapluie que tenait Samuel. Le crachin illumina sa chevelure auburn d'une multitude de gouttelettes étincelantes comme un saupoudrage de paillettes. Comme si mamie Josette avait voulu lui rappeler que la vie ne s'arrêtait pas ce jour-là, devant cette caisse en bois vernis, tous emmitouflés dans des manteaux noirs.

Samuel referma le parapluie et se rapprocha d'Amandine. Elle lança un lys blanc sur le cercueil mouillé. Il passa un bras autour de sa taille et posa la paume de la main sur son ventre rond.

Elle aurait tant voulu que mamie Josette connaisse son arrière-petit-fils. Mais elle savait bien que, pour cela, il aurait dû naître plusieurs années plus tôt. Avant que la maladie vorace n'ingurgite les souvenirs du passé et la capacité d'en créer de nouveaux.

Hier encore, j'avais vingt ans, mais j'ai perdu mon temps

À faire des folies

Qui ne me laissent au fond rien de vraiment précis

Que quelques rides au front et la peur de l'ennui

Car mes amours sont mortes avant que d'exister

Mes amis sont partis et ne reviendront pas

Par ma faute j'ai fait le vide autour de moi

Et j'ai gâché ma vie et mes jeunes années

Du meilleur et du pire en jetant le meilleur

J'ai figé mes sourires et j'ai glacé mes pleurs

Où sont-ils à présent ?

À présent

Mes vingt ans

Sur le dernier vers de la chanson, Amandine quitta le cimetière au bras de Samuel. Elle préféra fuir avant que ne commence l'oppressant défilé des condoléances, des accolades forcées et des phrases de circonstance. Elle n'en avait pas le courage.

Le soir, de retour à Menton, enlacés sur le sofa, Amandine et Samuel restèrent de longues minutes en silence. Les flammes qui dansaient dans la cheminée éclairaient par intermittence leurs visages de lueurs orangées. Samuel lui caressa la joue du revers de l'index et brisa le silence :

— Je vais aller dormir, il est tard et je travaille tôt demain matin. Ça va aller ma puce ?

— Oui, ça va. Je te rejoins dans dix minutes.

Les escaliers de bois craquèrent sous les chaussons de Samuel et Amandine entendit la porte de la salle de bain grincer à l'étage, puis le jet d'eau gicler sur l'émail du lavabo.

C'est alors qu'un intense parfum de coriandre fraîchement coupée se fraya un chemin dans ses narines, malgré le nez bouché d'avoir trop pleuré. Instinctivement, sans trop savoir pourquoi, elle se leva et s'approcha de la fenêtre à gauche de l'âtre. D'une main frêle, elle écarta les tentures beiges et observa la petite cour illuminée par deux lanternes accrochées aux piliers de pierres.

L'odeur de coriandre se fit plus forte encore quand elle aperçut au fond de la cour, près de la boîte aux lettres rouge en forme de cabine téléphonique anglaise, la silhouette de la femme qui l'avait élevée.

Mamie Josette lui souriait, sereine, légère, consciente. Les yeux d'Amandine se gonflèrent de perles salées. Sa grand-mère avait un regard lucide et déterminé qu'elle ne lui avait plus vu depuis bien longtemps. La vieille dame adressa à sa petite fille un salut de la main suivi d'un baiser soufflé au creux de la paume. Puis elle se retourna et s'accrocha au bras que lui tendait un homme vêtu d'un caban sombre. Un homme pas bien grand par sa taille, mais dont émanait une chaleur vibrante à couper le souffle. Amandine mit quelques secondes à le reconnaitre. Puis, cette scène finit par lui arracher un sourire.

Elle regarda mamie Josette s'éloigner dans la nuit, sur le chemin bordé de pins maritimes, au bras de Charles Aznavour.

Remerciements

Je crois que j'ai aimé lire dès que j'ai su déchiffrer l'alphabet, que j'ai compris que les lettres formaient des mots, que ces mots bâtissaient des phrases, et qu'avec ces phrases on pouvait créer à l'infini des mondes, des histoires et des personnages.

C'est ainsi qu'enfant, à la question rituelle « Que voudras-tu faire quand tu seras grande ? », je répondais ÉCRIVAINE ! J'ai grandi et l'écriture n'est – hélas – pas mon activité principale. En tous cas pas celle qui remplit mon frigo et paye mes factures. Mais j'ai toujours gardé dans un coin de mon cœur le souhait de parvenir un jour à publier un roman.

Je remercie Léticia Joguin Rouxelle, l'éditrice qui m'a fait confiance, qui a cru en mon histoire et a permis à mon rêve de petite fille de devenir réalité au sein des Editions Encre de Lune.

Un énorme MERCI à mon amie Stéphanie Herell qui m'a poussée à croire en moi et à bâillonner le syndrome de l'imposteur. Sans elle, je n'aurais peut-être jamais osé franchir le cap de l'envoi de mon manuscrit en maison d'édition.

Merci à mes parents et à mon chéri qui sont mes premiers lecteurs, pour leur soutien et leurs encouragements.

À mes enfants qui sont persuadés que je ne les entends pas comploter lorsqu'ils chuchotent « C'est bon, maman est en train d'écrire son livre. On peut jouer avec notre tablette » : vous êtes ma force et je vous aime même si je suis une mère affreuse qui vous laisse parfois à la merci des écrans pour avoir la paix.

Merci à ma grand-mère qui, malgré elle, m'a inspiré le personnage de Mamie Josette, et nous a quittés deux mois avant la parution de ce roman, sur les notes de Charles Aznavour.

Si le cœur vous en dit, suivez-moi sur

Facebook : Nadia Ponzo Autrice

Instagram : nadiaponzoautrice

Nadia Ponzo

Table des matières

Prologue 7

Moelleux au chocolat 10

La reine des neiges 18

Il n'y a que des vieux, ici ! 28

La maison jaune 43

Les petites lunettes rondes 53

La belle-fille idéale 61

Mamie Josette au cinéma 71

La sculpture Moltonel 91

Une salopette et un sourire 107

Conseil de voisin 114

Éclats de miroirs 119

L'ourson de la pub Cajoline 127

Arachnophobie 147

Comme une soufflé 153

Les créoles d'Alma	167
Tu me dois tout !	179
Negroni Sbagliato	189
Le Don	203
Pêche à la truite	213
Maudite pudeur	222
La version sans alcool	235
Carnaval de Rio	247
Le bouchon du tube de dentifrice	254
La valeur et le prix	262
Né à 13h35	276
Un troupeau d'anges	302
La haie de laurier-palme	309
Les échos-barrières	320
Insaisissable	326
Champs de granit	333
Diamant noir	338
Au bras de Charles	346

Remerciements 353

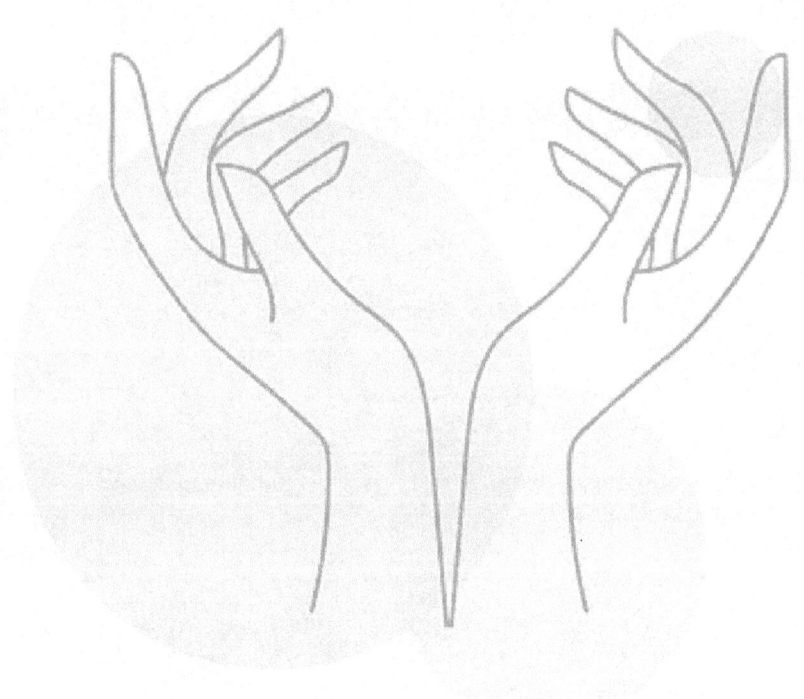